물의 정거장
장석남

많이 좋지요

서문

초겨울이 되면 나무들은 언제 그랬냐 싶게 익명이 된다. 잎 떨어지는 나무들 얘기다. 죽음이 그렇다는 얘기 같기도 하다.

시를 쓰면서 혹은 불가피 산문을 써야 할 때에도 나는 나의 그것이 '나중에' 읽어도 스스로 얼굴 붉히지 않을 만한 글이기를 생각했었다. 살며 단순 '품팔이'로서의 글을 쓰게 되지 않기를 바랐다. 그럼에도 불구하고 사는 동안 원고료와 바꾸기 위한 글도 많았다. 스스로 즐겁지 않은 글들 말이다. 싫었다.

불멸의 거창한 글을 쓸 재주도 의지도 없었다. 건들수록 거대해지는 육체와 바라볼 때마다 미미한 영혼, 영원성에 대한 질문이면 되었다. 나의 전부가 별것이 아니었으므로. 욕망은 일었으나 웬일인지 동시에 잿더미였다. 오래전의 글들을 꺼내보는 심정은 애달프다.

근자에 쓴 글들을 덧대어 사고로 사라졌던 옛날의 글들을 다시 묶는다. 아주 잊어버릴 생각이었으나 다시 꺼내어 햇빛에 말려도 괜찮겠다는 의견이 고마웠다. 간혹 문법을 벗어나 헝클어졌는데도 쓰던 당시의 감상은 앙금으로 고스란했다. 미소가 지나갔다. 나는 일종 낭만파였구나. 혁명파의 다른 이름인.

모든 식물들은 가을이 되면 제 이름을 구현한다고 되어 있다. 글은 나이와 관계없이 자기 자신의 가을이다. 가을은 의義에 대하여 생각해야 하는 철이라고 배웠다. 그러나 지금, 무의미한 의여!

침묵에 든 겨울 숲, 그러나 곧 소곤거림이 시작될 것이다. 익명을 벗고 나올 나무들을 바라본다.

2015년 12월
장석남

차례

2. 가만히 깊어가는 것들

3. 두 겹의 고독

4. 걷어온 이부자리 위에서

5. **여행의 여백들**

1부
바위 밀러 가자

종소리를 찾아서

　나는 그림을 그려서 화가가 되고 싶다는 생각을 해본 적은 없었다. 그러나 그림에 약간의 재주가 있다는 얘기를 어린 시절 한두 번 들어본 적이 있다. 그런데 생각해보면 가난 때문에 크레파스나 그림물감이 제대로 갖춰져본 적이 없는 나에게 진즉에 그림은 호화로운 꿈이었을 것이다. 그 대신 만들기를 즐겼다. 토끼집을 짓거나 병아리집을 짓는 실용적(?)인 것도 좋아했고 팽이나 연을, 딱총과 화살을, 바람개비를 만들었다. 좀 난이도가 있는 것으로는 새의 덫이나 썰매를 만드는 일도 있었다. 지금의 초등학생들에게는 좀 무리겠지만 다 사용할 수 있는 물건들이었다. 집에 남겨진 낡은 연장들은 무겁고 무뎠지만 그걸 손에 익혔다. 새 못도 없었지만 사과 궤짝 같은 것이 있으면 거기 박힌 못들을 빼내어 펴서는 사용했다.

　온돌방을 사용할 때였으므로 군불을 지펴야 했다. 땔감 중에 나무의 옹이 같은 것들이 발견되면 칼로 다듬어 어떤 형태를 만들어놓고는 좋아했다. 생각해보면 그것이 조각 작품이었다. 그 질감과 표정과는 아득한 어떤 말이 오가는 듯했던가? 하여튼 그러한 것들에의 몰두는 나를 이승에서 다른 데로 데리고 가는 어떤 수단이었음에 틀림없다. 그 어린 시절 다녀오곤 하던 그 세계를 어른의 입장에서라면 미美의 세계라고 할 수 있을지 모르겠으나 분명 현실을 뛰어오르는 춤의 세계와도 같은 것임은 틀림없다.

　스무 살 즈음이 되니 가고자 하는 곳이 많아졌다. 정녕 가

고자 하는 곳이 어딘지는 잘 알 수 없었지만 우선 벗어나고
싶은 것이 많아졌다는 말이 더 정확하다. 매여 있는 여러 것
들, 우선 가족과 세속적 미래와 시정의 척도尺度들로부터 벗
어나고 싶은 것이었다. 그 마음은 이제 어린 시절처럼 내면
의 춤으로 갈 수 있는 데가 아니라 '지리상의 새로운 발견'
을 해야 할 나이가 되었던 것이다. 그래서 자주 가던 곳이
동해안의 바닷가였다. 우선 임시로나마 고아가 되어야 했으
니까. 이마 위로 무섭고 막막한 수평선이 단 한 번의 망설
임 없는 획으로 쩍— 그어진 장소. 거침없이 '너희들 별것
아니'라는 듯이, 나를 잡아들이려는 듯이 희고 거대하고 사
나운 어깨동무들을 하고는 소리지르며 오가는 파도들을 만
났다. 그곳에서의 공포가 다시 집으로 되돌아가게 했다. 그
것은 영원히 탈출할 수 없는 것이 이 세상에 있다는 것을 보
여주었다.

　그후 얼마나 지났을까. 나는 진정한 탈주의 방법을 눈치
채고 있었다. 어느 해 우연히 수덕사의 저녁 예불을 만났다.
새빨간 노을 속에 길게 내리닫는 산등성이들을 거느리고 한
없이 한없이 퍼져나가는 유연한 저녁 종소리. 먼 들판 먼 마
을까지, 내가 아는 온 세상, 온 저녁을 적시고는 하늘로 솟
아오르는 종소리였다. 새들도 그 종소리에 따라 날며 신을
생각하는 듯했다. 신과 진리를 향해 인간이 만든 가장 아름
다운 하나가 있다면 종소리일 것이다. 종소리야말로 이 세
상을 영원히 탈출할 수 있는 방법이 분명히 있다는 것을 보

여주었다. 종소리를 따라가보았는가? 지리상으로 갈 수 없는 장소, 발걸음으로는 닿을 수 없는 장소, 어린 시절의 춤과는 다른 열망의 대답이 침묵처럼 준비된 장소에 그것은 닿을 것이다.

마땅히 우리에게는 탈주해야 할 세계가 있다. 종소리를 찾아나서는 길은 우리 모두에게 의무와도 같은 것이 되어야 하리라.

바위 밀러 가자

1.

작년 이맘때였다. 나는 오전부터 어디 남모르는 호젓한 호수라도 앞에 둔 듯 잔잔한 설렘 속에 들었었다. '현빈玄牝'의 첫 모임을 앞둔 시간이었던 것이다. 창가에 앉아서 '무슨 말을 할까?' 하고 곰곰 생각해보던 기억이 새롭다. 직장에 갓 부임하여 다소 어리둥절해하면서도 공부 모임이 하나 있어야 하지 않겠나 생각던 차에 K선생의 의견이 있었다. 모임 이름을 맡는 영광을 내게 돌려서 나는 위의 이름(현빈玄牝: 곡신불사谷神不死 위시현빈是謂玄牝 현빈지문玄牝之門 시위천지근是謂天地根 면면약존綿綿若存 용지불근用之不勤—『도덕경道德經』, 노자老子, 6장)으로 정하고 알렸는데 몇몇 이마 푸른 학생들이 모였다. 골짜기라니. 골짜기의 신이라니. 그윽한 여성의 골짜기라니. 음탕하다고? 저런! 나는 현동에 들어설 때마다 현동의 입구는 골짜기로 되어 있으므로 우리 학생들의 공부 모임 이름인 '현빈'이라는 말의 의미를 떠올리게 된다. 노자의 말이다. 노자라는 자의 사려 깊은 여러 이름들은 한참 이후의 우리 '종이벌레'들의 생각의 노적가리다(내가 종이벌레라고 한 것은 서생이라는 말이다. 서생의 고단함!).

노자 영감의 생각을 짐작하다보면 저절로 조금은 발길이 겸손해진다는 느낌이 속에서 배어나온다. 그 걸음으로 자박거리며 골짜기를 올라가다보면 바윗덩이도 만난다. 그러면 그냥 지나칠 수 없다. 무슨 말인가를 건네고 싶다. 그러나 우리의 말은 옹색해서 저 바위의 말을 알아듣기 어렵고 또 그에게 전할 마땅한 말이 별반 떠오르지 않는 때가 많다. 나의 귀는 왜 이리 좁고 답답한가. 저 바위의 말귀 하나 알아듣지 못하니 말이다. 나는 그저 한번 바위를 밀어보는 것으로 대신한다. 바위는 뒤로 밀린다! 밀렸을까만 나는 인간 친구가 그러하듯 받으면 한 종지는 될 눈웃음 흘리며 뒤로 밀렸을 것이라고 생각한다.

2.

내가 부동산 투기주의자가 된 것은 오래다. 그렇게 된 데에는 나의 입방정이 한몫한 셈인데 늘 나는 땅을 사자고 주위 친구들에게 말해왔던 것이다. 그렇다고 내 말대로 땅을 산 사람도 없다. 돈들도 없고 나도 돈이 없으니 말은 부동산 투기자이지만 실현될 수 없는 안타까운 투기자인 것이다. 왜 그런 욕심이 있는 것인가 나를 되돌아보기도 했었다. 섬사람이라서 그런가 생각했었다. 그런데 결론은 꼭 그래서만은 아닌 것으로 내버렸다. 그저 욕심이 좀 있어서 내 맘이 편안해지는 자리를 가져보고자 한 바인데 그 점이야 어디 나만 그러랴 하고 생각하면 부동산 투기자고 뭐고도 아니다. 그마저 없다면 부처라고 해야 하지 않겠나. 나는 시인들이 좋은 땅을 많이 사야 되고 또 절대 팔지 말아야 한다고 생각하는 사람인데 그건 맞는 말일 것이다. 얄팍한 이득이나 얻겠다고 돈냥이나 있으면 짊어지고 찾아다니는 꼴이 아닌 이상 좋은 풍경은 그래도 무엇인가를 궁구窮究하는 사람들이 의자 놓고 앉아 있어야 한다는 뜻에서의 부동산 투기주의자인 것이다. 그렇지 않은 사람이 그런 좋은 풍경을 차지하면 어떻게 되는가? 다 파헤치고 삐죽삐죽 올라간 1970년대 옛 달력에나 나오던 알프스의 그것 같은 하얀 집들을 짓고 만다. 그리고 어떤 집엔 간판까지 달고 숙박 영업을 하기도 한다. 그건 그 땅을 나쁘게 만드는 것이다!

나는 어느 봄 마침내 투기에 성공하게 되었는데 손바닥 두 개를 포개놓은 것만큼이나 조그만 정원이지만 사람들에게는 2백만 평이 된다고 허풍을 떠는 재미도 좋았다.

3.

올라가니 환한 빛이 한 무더기 잣나무의 침침한 그늘에 퍼져 있었다. 나의 말 그대로의 투기처(현재를 초월하여 미래에로 자기를 내던지는 실존의 존재 방식. 하이데거나 사르트르의 실존주의 기본 개념이다)의 한쪽을 잇댄 산언덕엔 잣나무가 성해서 한여름엔 그늘이 깊어 시원한데 겨울 한철은 그늘로 차다. 그런데 그 그늘에서 정정히 자라고 있던 나무들 중의 하나가 생강나무였던 것을 나는 올봄 꽃을 보고야 알아차린다. 겨우내 침침했던 그늘이 모두 그 등불들로 환하다. 어린 시절 지루한 겨울이구나 하며 지나가던 산길의 호젓한 모퉁이를 '이제 겨울은 다 갔어' 하고 밝게 불 켜고 있으면 한 가지 꺾어들던 그 꽃이다. 그러나 꽃만 보았지 꽃 지나간 시절을 보아두지 않아 모르는 나무로 있었던 것이다. 이른바 산동백꽃이라고 부르는 것이다. 김유정 소설의 동백꽃은 선운사 뒤 울안의 그 동백꽃이 아니고 바로 이 환한 생강나무 동백꽃임을 알린다. 나무는 연못 위에 늘어진 나무였다. 연못 속도 다 환했다. 외려 꽃보다 하늘빛이 덧보태어져서 더욱 환히 반짝이는 거였는데 작년에도 꽃 피었으련만 나는 그만 그 꽃철엔 와보지도 못했으므로 그 무성해진 잎만으론 그게 생강나무였는지 알 수 없었던 거다. 이런 정도이고 보면 나의 지식이나 내 곁의 '우리들'의 지식이란 무엇을 알고 있다는 지식인지 모르겠다.

4.

벚꽃 지고 초록이 밀리니 새 울음소리도 많아졌다. 봄비가 많이 와서 물도 많다. 물 곁에 앉았다. 냉이꽃이 비싸 뵈지 않게 피어서 흔들린다. 어느 시인이 어머니의 눈물이 떨어져서 꽃이 된 것이라고 노래한 그 꽃이다. 사상思想을 한 남편을 둔 어머니였다. 사상을 하면 안 되었던 시대였다.

물의 흐름은 맑고 물밑의 돌멩이의 자세도 우리네 삶처럼 힘겹다. 그 위에 어른대는 물빛을 주워서 주머니에 넣고 일어났다. 골짜기를 내려가며 그걸 꺼내어 바위에 대고 밀면 어떠할까? 골짜기를 내려가며 나는 바위를 밀어볼 것이다. 생강나무 꽃빛으로 안 되면 초록으로, 초록으로 안 되면 물소리를 꺼내서 밀어볼 것이다. 바위는 인간의 힘으로

는 흔들리지 않는다. 민들레꽃 같은 꽃에게는 밀려도 인간
의 손으로는 밀리지 않는다. 한데 바위를 왜 밀어보겠다는
거지? 그게 인간으로 생겨난 자의 서글픔의 양식이니까?
그럴 것이다.

살구나무에 골방 한 칸 들이기

　오래 가물었다. 그 탓인지 마당의 살구나무에 열린 열매도 올해는 아주 잘다. 분주한 봄을 보내느라 제대로 살펴보지도 못했는데 벌써 살구가 익어서 떨어졌다. 지나다니는 사람이 많은데도 주워가지 않는다. 남의 것이니 가져갈 수 없다는 양심 때문은 아닌 것 같다. 직접 딴 것이 아니라 떨어져 흙이 묻어서 그런가. 혹 그럴지도 모른다. 만약 그런 이유라면 참으로 애석한 일이다. 흙이 묻어서 꺼림칙하다? 말도 되지 않을 일이다. 잠시 이런 생각을 해본다. 이젠 살구가 더이상 과일 취급을 받지 못하는 게 아닌가 하는 생각. 문득 적막해진다. 어린 시절 이야기로 되돌아가면 무슨 말이 될 것인지 뻔할 테니 들출 필요도 없겠다. 장마통에 떨어져 깨진 살구를 주워다 개울물에 씻어서 입에 넣고 넣고 하던 늙은 할머니의 손등 주름이나 잠시 회상해볼 뿐이다.
　오랜만에 비가 와 해갈이 되니 언제 그랬냐 싶게 가뭄의 흔적은 찾아볼 수가 없다. 비 온 후의 갖가지 식물들에서 나오는 예리한 녹음 빛깔들을 보고 사람들은 신비라는 개념을 발견해냈는지도 모른다. 가뭄을 견디는 그 궁상과는 전혀 다른 것이다. 자귀나무가 꽃 피어 은은한 분홍빛 의상의 어여쁜 귀신들을 가득 이고 서 있다. 그 옆의 라일락 나무도 지난봄엔 그랬었다.
　라일락에 꽃이 한창일 때였다. 그 향기가, 내 방까지는 가깝지 않은데 밤바람에 밀려서는 잠결까지 환하게 하는 거였다. 생각해보면 신비롭기 그지없는 일인 거다. 며칠이 지나도 그 생각이 없어지지 않았다. 그냥 지나가기가 아쉬워 생각 끝에 같이 시 공부를 하는 분들에게 이런 숙제를 내보았다. 라일락 나무를 모르시는 분들은 없을 텐데 지금 꽃이 한창이죠? 그 라일락에 의자를 들여놓는 방법이 뭘까 한번 생각해보시죠.

라일락에 의자를 들여놓는다? 기이한 질문일 수밖에는 없으리라. 이미 눈치챈 분도 있겠지만 그것은 상식의 일이 아니다. 상식의 일이 아니므로 정답이 있을 수도 없다. 세상에는 정답이 있는 질문은 없다고 생각하는 사람들도 참 많다. 세상이 상식만으로 이루어진 데가 아니라는 것을 눈치챈 사람들이다. 가령 수학에서 1 더하기 1은 2라는 정답이 있지만 조금만 벗어나면 그건 정답이 아니다. 그 정답을 적용시킬 수 없는 데가 너무나 많은 데가 또한 이 세상인 것이다. 다시 돌아가서 라일락에 도대체 의자를 어떻게 들여놓을 것인가? 상식으로 돌아가서 생각해보았을 때 그것은 아주 쉽다. 라일락 나무에 의자 하나를 들고 올라가 철사줄이나 새끼줄 같은 것으로 고정시키면 된다. 그것을 보고 라일락에 의자를 들여놓은 것이 아니라고 할 사람 누구인가. 문제는 왜 그렇게 했느냐는 것이다.

그 잠결에까지 왔던 라일락 향기는 단순히 그냥 향기만은 아니었던 것이다. 그것은 신비였고 어떤 암시였고 이 세상의 비밀을 들여다보라고 하는 어떤 열쇠였으며 보이지 않는 신의 그림자이기도 했던 것이다. 그러한 것들이 앉아 있었던 것이다. 향기와 더불어. 그렇게 멋있고 거창하고 폼나는 대상이 아니어도 좋다. 한가한 철부지의 음풍농월의 꿈이라면 또 어떤가. 여하튼 그것은 '나'를 움직이는 것이 '나'만은 아닌, 어떤 손길이, 어떤 섭리가 있을 것이라는 점을 보여주려는 겸손에의 메시지는 아니었을까. 그 메시지가 앉은 의자를 우리는 볼 수 있어야 했다.

그렇게 하여 지난봄에 내가 사는 작은 마당귀의 라일락 나무 속에는 의자가 수십만 개가 있었고 그 의자마다에 시가 앉았다 갔고 신이 앉았다 갔고 벌써 오래전에 돌아가신 할머니가 다녀가셨고 내 애인도 밤길을 걸어서 다녀갔던 것이다.

지금 살구가 떨어져 뒹굴고 있다. 이번엔 이런 숙제를 내볼 생각이다. 살구나무에 조그만 골방을 하나 들이는 방법은?

집수리 음악

요즘 지하실 방을 수리하고 있다. 집을 수리하는 일이 보통 일은 아니다. 육체로 하는 일이 행복한 일이긴 해도 여간 힘든 것이 아니라서 단련되지 않은 나 같은 육체의 주인들은 견디기가 힘이 든다. 그래도 힘겨운 시간이 가면 깨끗한 방에 느긋하게 앉아 있는 나를 상상해보는 일은 활력을 준다.

이사 나간 빈방을 들어가본다. 어수선하고 뭔가 묘한 죽음의 냄새 같은 것이 느껴진다. 우리 식구가 아닌 사람들이 살던 방의 체취라는 것도 낯설거니와 곰팡이며 습기 같은 것도 유난히 많다. 몇 년 전 사진에 관심을 가질 때 사진 잡지에서 보았던 몇 장면의 사진들이 떠올랐다. 누군가 죽어나간 방, 이사 나간 방을 찍던 사진가가 있었다. 이제 막 죽음이며 이사를 겪은 방이 풍기던 그 분위기는 기묘한 아름다움이랄까 허전함이랄까 안타까움이랄까 하는, 늦가을 들판의 그 황량함과 함께 묻어오던 설사의 뒤끝 같은, 맥없이 다가오는 편안함이 깔려 있었던 듯하다.

전 주인이 흘리고 간 옷핀 같은 것들은 그 가족들이 흘리고 간 시간의 부장물들만 같고 또 무엇을 그렇게 많이 걸어야 했는지 수없이 벽에 박힌 못들을 뽑아내면서는 못에 걸렸으리라 생각되는 사물들을 헤아려보기도 했다. 옷가지들이 대부분이었겠지만 간혹은 옥수수 같은 것도 걸려 있었을지 모른다고 생각했고 또 간혹은 시골에 다녀오면서 꺾어온 감나무 가지들도 걸려 있지 않았을까 싶다. 그리고 어느 날은 피가 뚝뚝 떨어지는 고깃덩어리가 걸렸을 수도 있겠다는 생각까지 하게 되는 것은 내 사고의 틀의 나른함을 깨보려는 무의식적인 반동 때문일지도 모르겠다. 그리고 내가 그동안 거쳤던 여러 방들, 송현동의 그 두 평이 될까 말까 한 방, 화수동의 가난투성이 방, 적십자 병원 옆의 그 컴컴한 방, 낙산 아파트의 기침 소리 많이 나던 방, 동숭동 뒷골목의 흙 떨어지던 방, 봉원동 화투 소리 요란하던 방, 망원동 이층 방, 송학동 뒷방, 그리고 평촌의 임대 아파트 방, 방, 방, 방…… 내가 묻고 온 시간의 부장물들은 흔적도 없이 사라졌을 것이다. 내가 박았던 못들도 내가 지금 이렇게 하듯이 모두 다 뽑혀나갔을 것이고.

벽지들을 걷어내면서도 이 방의 내력을 어느 정도는 짐작하게 되는데 맨 안쪽에 붙은 벽지와 그다음의 것, 또 요전의 것들을 비교해보면 주인 되었던 이의 취향이랄까 습관이랄까 하는 정신의 생태를 짐작해보는 것도 흥미롭다.

스무서너 살 때던가 직장 생활이 하 지루해지기 시작할 때다. 친구들과 앉아 노닥이면서 도배하는 기술이나 배워 같이 다니면서 음악을 들으면 어떨까 하는 시답잖은 얘길 나누던 생각이 난다. 빈방에 들어가 작업복을 갈아입고 맨 먼저 하는 일은 도배지며 풀이며 하는 도구들을 챙기는 일이 아니다. 우선 가지고 다니는 오디오(소형으로 성능 좋은 것을 장만하자고 했었다)를 적당한 위치에 설치하는 것이다. 그러고 나서 음악을 틀어놓고는 시작하는 거다. 도배지를

펴고 풀을 칠하고 한 사람은 천장으로 올라가고 하나는 막
대기를 들고 척척 벽에 발라 새로운 분위기를 완성해내는
직업, 그것도 괜찮지 않겠나 생각했었다. 그때는 주로 재즈
를 많이 들을 때였다. 그로버 워싱턴 주니어랄까 듀크 엘링
턴, 빌 에반스나 쳇 베이커도 많이 들었다. 그들의 음악들
을 시간대별로 바꾸어 걸면서 일에 충실할 수 있다면 그것
도 행복했으리라 생각이 든다. 가령 좀 빠른 그로버 워싱턴
주니어 같은 색소폰은 이른 아침이 좋았을 테고 듀크 엘링
턴은 이른 저녁이 좋았을 것이다. 낮잠을 짧게 즐기고 나서
는 쳇 베이커도 좋았으리라. 일이 다 끝나고 한잔하면서는
어떤 것이 어울렸을까? 척 맨지오니가 좋지 않았을까? 산
체스의 아이들 같은 긴 곡을 틀어놓고 짐들을 정리하는 기
분도 좋지 않았을까? 잘 모르겠다.

　가만 내일은 방바닥을 깨야 한다. 방바닥을 깨면서 듣기
에 좋은 음악은 뭐가 있을까? 그저 휘파람이나 불어야 할 듯
싶다. 기러기 울어예는 하늘 구만리…… 어쩌고 하는……

한적한 공원에서

어머니가 산골에 와 계시면서 건강이 눈에 띄게 좋아지셨다. 육체의 심각했던 문제들이 엉킨 실타래 풀리듯이 조금씩 풀려나간 느낌이다. 자연의 치유력은 실로 자연스럽구나 하는 생각이 들곤 한다. 그렇긴 해도 연세가 연세인지라 너무 오래 떨어져 있을 수는 없다.

이런저런 까닭으로 방학이면 온전히 이 소읍에서 보내게 되는데, 서울에 자주 드나들 때는 몰랐던 불편이 하나둘 드러난다. 가령, 음식점이 많지 않으니 가까운 손님이 찾아와도 구미에 당기는 음식을 대접할 수 없다든가, 화제가 되는 영화가 있어도 손쉽게 구경하기 어렵다는 것 등이다. 사소하지만 서울에서는 생각하지도 못했던 일이어서 사치스러운 내 푸념이 자못 흥미롭기까지 하다. 그러나 이 작은 소읍에도 체육 시설이 잘 갖춰져 있어서 서울에서는 꿈도 꿀 수 없는 쾌적한 조건과 가격으로 수영이니 헬스를 즐길 수 있다.

서울에서 공공 체육 시설이란 생각만으로도 '전투적'이다. 탁구장에서는 웬만한 실력을 갖추지 않고서는 벤치에 앉아 있다가 끝내 그냥 돌아가기 일쑤요, 수영장에서는 정확한 이용 시간을 맞추지 못하면 아예 출입이 어렵거니와 할당된 정확한 시간이면 퇴장해야 한다. 게다가 손발이 걸려서 제대로 할 수도 없는 데 비해 이곳 시설은 어느 때나 한적하기 그지없어 속으로 미안할 지경이다.

어디 그뿐인가. 차를 타고 아주 작은 산골 마을을 지나치다보면 산 아래 공터에 보도블록이 깔린 공원 시설이 즐비하다. 물론 단풍나무와 벤치가 마련됐고, 올라가 허리를 돌릴 철봉 등이 구비돼 있다. 풀도 아주 무성하다. 가끔 공공 근로자들이 깎긴 하지만 이내 또 풀은 자라서 대단한 자연의 치유력을 감탄하게 하는데, 그 공원을 이용하는 이는 눈을 씻고 찾으려야 찾을 수 없다. 그 한적함이라니!

눈치챘겠지만 그 한적함은 별로 좋지 않다. 그것은 자연 그대로 둔 것만 못하고, 거기에 들어간 경비는 아마도 더 긴요한 데가 분명 있었을 터이다. 얼마 전에는 남한강을 지나다가 참으로 거대한 한적함을 보았는데, 4대강 공사의 일환으로 만든 방대한 규모의 수변 공원이었다. 풀이 우거졌고 정자랍시고 세워져 있는 주변으로는 마치 폐허 같은 정적이 감돌았다. 그 공원을 공원답게 유지하려면 얼마의 세금이 매년 들어가야 할까. 그에 상쇄할 만큼 시민들이 이곳에 와서 휴식을 취하고 삶의 활력을 찾고 영감을 얻어갈 수 있을까? 이 시골 마을에서 누가 그곳에 빨간 자전거를 타고 가서 그림처럼 한가롭게 노닐다 온단 말인가. 지나치며 보았던 홍보용 색 바랜 조감도는 허무한 관념의 그림일 뿐이었다. 누가 왜 그러한 일들을 벌이는가? 거기에 들어간 경비 또한 그보다 더 긴요한 데가 있고, 앞으로 더 들어가야 할 경비 또한 그보다 더 긴요하게 필요한 데가 있을 것인데, 누구도 필요하지 않은 한적함만이 비만한 배를 불리는 판이다. 아마도 그 공원을 조성한 건설업자들은 또다시 그 공원이 원상으로 회복되길 원할지 모른다. 그 또한 그들이 맡아 하는 것이니 말이다.

산을 깎고 바다를 메우는 중장비의 굉음 소리가 요란하고, 하늘을 찌를 듯한 공장 굴뚝에서 올라가는 시커먼 연기를 보면서 가슴이 뿌듯하던 시절이 있었다. 그러한 건설 현장을 지휘하던 사람이 대통령을 지냈다. 우리나라 주요 강은 다시 건설됐다. 강은 건설되는 것인가?

한적한 공원에 신문 한 장이 굴러다닌다. 신문엔 한 전직 대통령이 '좀도둑' 수준처럼 드러나 있다. 앞으로도 이어질 전직 대통령들의 삶의 감각도 그러하려나? 그러한 사람이 고대부터 찬란한 문화의 나라를 다스렸다는 데 치욕을 느낀다.

집으로 가는 길

　세상이 꽁꽁 얼어붙었다. 모처럼 탐스러운 눈까지 내려
서 빙판이 된 귀갓길을 체험했다. 조심하는 걸음걸이의 맛
도 제법이다. '사랑도 이러한 걸음걸이여야 할 거야, 이웃과
의 관계도 이러해야 할 거야, 모든 사는 게 이러한 걸음걸
이지'. 이런 생각을 하면서 더듬더듬 걷는 것도 더디긴 했
지만 나쁘지 않았다. 가끔 넘어지는 사람, 휘청대는 사람
들도 만났다. 조금 어색하게 웃음을 나누기도 했다. 집으
로 간다는 일은 무엇인가. 때로 넘어지며 힘겹게 집으로 가
는 일에 대한 고요한 사색이 새삼스레 연말의 날짜들을 되
짚게 만든다.

　눈의 무게에 창 앞으로 비스듬히 기울어진 대나무 이파리
가 지난 한 해의 고단한 살림살이를 말해주듯 파리하다. 봄
의 생기는 어디 가고 여름의 비바람과 천둥번개, 가을 찬바
람에 시달린 기색이 역력하다. 이제 노인의 어깨처럼 기울
어지니 멋스럽기만 하던 봄의 대나무 자태와는 달리 우리네
쓸쓸한 심정 같기도 해 오래 바라보았다. 창 곁에 걸어둔 난
초 그림만이 '세외선향世外仙香' 아름다운 봄이다. 그림으로
우선 마음을 덥힌다.

　홀로 밥을 먹어야 할 때면 들르는 변두리 기사식당이 있
다. 기사식당이란 문화가 언제부터 형성됐는지 알 수 없으
나 손님들이 택시기사인 경우가 많아 그렇게 불리게 된 것
이리라. 맛도 괜찮고 가격도 헐해 좋지만 무엇보다 '혼자 먹
는 밥'의 어색함이 이 식당에서만은 덜하다. 거개가 홀로 먹

는 사람이고 보니 그 속사정을 안다고나 할까. 노릇하게 잘 구워진 생선에 막 지어내는 '솥밥'을 먹는 집이니 홀로 먹는 밥치고는 호강을 한다는 생각이 절로 난다. 이 집의 주방은 그러나 모두 차단돼 비밀스러웠다. 비밀스러우면 더 궁금한 법이다. 어떤 분이 이 많은 밥을 짓고 찬을 만들고 할까 궁금했던 차였다. 주문을 받고 밥을 나르고 상을 치우고 하는 일은 젊은 아주머니가 했다. 엊그제는 우연찮게 주방 안이 조금 들여다보이는 자리에 앉게 됐다. 주방을 엿보게 된 것이다. 한데 일을 하는 분이 허리가 잔뜩 굽은 할머니였다. 내게는 좀 의외로 받아들여졌다. 물론 그분 혼자 일을 하는 것은 아니었다. 내 눈에 띈 게 할머니였을 뿐이다. 할머니는 분주했고 힘겨워 보였다. 나는 마음이 무겁게 가라앉았다.

문득 나는 눈길을 조심조심 걸으면서 그 주방 할머니가 떠올랐고 그 할머니의 귀갓길이 궁금해졌다. 따뜻한 밥을 짓고 생선을 굽고 찬을 덜고 설거지를 하는 할머니의 굽은 등과 미끄러웠을 귀갓길이 어떤 영상처럼 지나갔던 것인데, 내게 얄궂은 인정人情이 조금은 남아 있었던 것일까?

대나무 그림자가 어른대는, 겉으로는 제법 운치가 있는 창가에 앉아서 나는 신문을 펼쳤다. 그리고 두 사람의 죽음을 마주했다. 하나는 충격적이었고 하나는 따스했다. 북쪽의 장성택이라는 사람의 처형 소식이 그랬고 남아프리카공화국의 넬슨 만델라 전 대통령의 장례 소식이 그랬다. 나는 그들에 대해 아는 바 별로 없다. 어떤 경로를 걸어간 인물들인지 자세히 알지 못한다. 그러나 그들의 죽음이 건네준 메시지는 확연히 달랐다. 우리는 무엇에 복무할 것인가. 권력에 복무할 것인가? 사랑에 복무할 것인가?

만델라의 어록은 참으로 아름답다. 27년간의 감옥살이와 온갖 핍박에 대한 언어로는 믿기지 않는 따스한 문양의 언어다. "누구도 피부색, 배경 또는 종교 때문에 다른 사람을 미워하도록 태어나지 않는다. 미워하게끔 배운다. 미워하는 것을 배울 수 있다면 사랑하는 것도 가르칠 수 있지 않은가. 사랑은 미움보다 더 자연스레 사람 가슴에 다가온다. 삶에서 가장 위대한 영예는 결코 쓰러지지 않는 데 있는 것이 아니라 쓰러질 때마다 일어서는 데 있다"고 했던 한 위대한 영혼의 소유자와의 이별을 인류는 슬퍼했다. 그러나 다른 한편에서 일어난 충격적인 처형 소식은 어떤가. 기시감이 일어 악몽을 떠올리듯 소름이 돋았다. 그것은 한반도가 꾸는 일종의 악몽 같다. 민주주의란 그래서 얼마나 위대하고 소중한 가치인지 되새겨본다. 바람이 불어와 대나무에 얹혔던 눈이 우수수 떨어져내린다.

어느 정자 이야기

달이 기울어져간다. 보름 지나면 어김없이 그러한 것이다. 현관을 나오면서 은종이 같은 빛이 바작바작 밟혀서 달이 밝았구나 싶었는데 어느덧 보름도 다 지나 반도 남지 않았다. 그날, 그 밝은 달을 좀더 오래 쳐다볼걸 하는 섭섭함이 남는다. 추운 날에 덜덜 떨면서 무엇하러 그걸 그렇게 오래 쳐다볼까만 그래도 지나고 보니 그게 아니다. 좀더 따뜻했어야 하는데 하는 후회가 잃은 연인에게로 가듯 기우는 달에도 한창때 제대로 봐주지 못한 무엇이 남는다.

잠시, 그렇게 달 보던 자리에 다시 나가본다. 그곳은 천신만고 끝에 넓혀놓은 마당! 하고도 귀퉁이다. 왜 천신만고인지는 누구나 수긍하리라. 서울 땅에 마당이라니! 사연이야 그냥 접어두기로 하고 여하튼 그 한 모퉁이에 네 개의 돌덩어리가 덜렁 박혀 있다. 무엇인고 하면 정자의 주춧돌이다. 주춧돌이 네 개이니 일러 사모정이라 한다. 이 무슨 고색취미古色趣味인지 스스로도 모르겠다. 가까운 인척 중에는 마당을 꾸몄다는 말을 듣고 구경 삼아 들렀다가 좀 생뚱맞게 박혀 있는 이 돌멩이들이 무엇인가 했노라 고백했다. 고달사지니 선림원지니 황룡사지니 하는 데를 가보면 주춧돌들이 가지런히 옛 그림자를 여의고 앉아 있다. 그렇다고는 해도 새로 흙을 날라다 붓느니 시멘벽돌담을 쌓느니 하는 마당에 옛 사적지史蹟址를 떠올릴 수는 없었을 것이니 그럴 만하다. 둘러앉아 삼겹살을 구워 먹으려고 이렇게 적당한 간격을 두고 돌들을 박아놓는 것인가 짐작했노라 했다. 말은 안 했어도 그렇게 생각했다면 분명 '참 무식스럽기도 하군' 하고 속으로 독백했을 것이다. 정자가 지금 만들어지고 있다고 했더니 그렇구나 하며 웃었다(알다시피 우리 한옥은 치목장에서 치목을 하여 건축 현장에 와서 짜맞추게 되어 있다. 그것 자체로 하나의 예술품이다). 그렇다고는 해도 정자를 놓는다는 사실에 흔쾌하게 동의하는 기색은 아니다. 평상도, 원두막도 아닌 정자라니……

  전생이란 게 있는 건지 쉬 믿을 수도 없는 거지만 하여튼 내 속에는 내가 나기 전부터 있었던 듯한 무엇이, 나를 이끌어간다 싶은 무엇이 있다. 내가 꿈꾼 스스로의 모습은 이러한 것이다. 가령 자그만 정자 속에 들어가 지나가는 달을 본다든가 낙숫물 소리를 듣는다든가 가까이 대나 국화를 심어 바라본다든가 햇빛 속에 들어 졸고 있다든가 하는 모습들이다. 더 나아가 정자 속에서 맨발로 거문고를 타는 모습도 주제 넘는 스스로의 모습으로 그려보곤 했다.

  안타깝게도 너무 일찍 고인이 되신 미술사학자 오주석 선생이 어느 날 자랑을 하셨다. 요즘 거문고 배우는 재미에 흠뻑 빠져 사신다고. 증거로 굳은살이 두껍게 박인 엄지손가락 마디를 내보이셨다. 나는 두말할 것도 없이 부럽기 그지없었다. 나도 그 자리에 참석하고 싶노라 그 즉시 달려들고 말았다. 그런 인연으로 나는 한민택 선생에게서 거문고 정악을 한 1년 흉내내는 기회를 가졌다. 잘하려는 것도 아니요 누구 앞에 나아가서 해보려는 욕심이 있는 것도 아니니 그

저 담담하게 소리를 흉내내보는 것이었다. 참으로 아름다운 기회였다. 거문고를 무릎에 올려놓아보는 것만으로도 분에 넘치는 호사이기는 했으며 또 거문고를 퉁겨보니 누구 앞에 기예로써 나서는 악기가 아님을 알아차렸다. 그 악기를 왜 백악지장百樂之丈이라 부르는지 조금은 이해할 만도 하게 되었다. 그렇긴 해도 욕심이란 것이 아주 물러나지는 않는 것이니 딱 한 가지가 있었다. 그것도 토로해놓으면 물론 좀 싱거운 것이긴 하다. 그것은 나의 정자에서 맨발인 채 홀로 내가 타는 나의 거문고 소리를 들어보는 것이다. 그것이 욕심이라니. 그만한 욕심일 것 같으면 금방이라도 못할까. 그것을 그림으로 그려보면 사실 한 사람의 일생에서의 욕심치고는 소박한 것일 수 있으리라. 그러나 자세히 뜯어보면 그것 참 싱겁기는커녕 시건방지고 발칙한 발상이요 욕심이라고 말할 사람 있을 터이다.

나에게는 고지식한 면이 있다. 좋은 글은 글자만으로는 그 내용이며 뜻을 다 알 수 없다는 것이 내 지론이다. 나만이 그럴까만 하여튼 어떠한 글이든 그 글의 문장들이 드러내는 행위의 흉내라도 내봐야 글쓴이의 마음을 짐작할 수 있을 것이라고 생각했던 것이다. 거문고와 글씨와 시와 그림이 옛 선비들의 교양 필수쯤이고 보면, 옛글을 읽어본 사람이라면 한 번쯤 시도해볼 만한 것 아니겠는가. 그다음에야 옛사람이 남긴 시를 좀더 가까이 이해할 수 있을 터이며 그렇게 해봐야 옛사람이 그 옛사람에게서 배운 바가 무엇인지를, 그렇게 면면이 이어온 것이 무엇인지를 어림해볼 것이 아닌가. 그러한 시대착오적인! 생각이 나로 하여금 당치 않은 욕심을 부리게 만들어내고 있었던 것이다(왜 시대착오적인가 하면 모든 처세가들의 이야기를 들어보라. 옛 책, 옛 생각, 옛 그림, 옛 음악, 글씨 들을 오랫동안 수련하여 익히라고 나와 있나! 첨단에 첨단에 첨단을 가라 한다. 과연 저 달만한, 저 바람 소리만한 첨단이 있었는지 알 수 없는데). 아직 그러나 나의 정자는 오지 않고 있다. 미리 놓아둔 주춧돌만 오늘도 기울어가는 하현달에 서걱서걱 소리를 내며 앉아 있다. 정자가 늦어지는 동안 이름을 생각하고 있다. 세고정洗古亭이라 하면 어떨까?

정자亭子가 왔다

추운 새벽 느닷없이 초인종이 울고 건장한 남정네들이 들이닥쳤다. 커다란 트럭이 부릉거리며 대문 앞을 가로막았다. 일인즉 정자가 온 것이다. 아시다시피 노동(세상에 막일이 어디 있나!)은 아침 7시면 시작한다. 아직 어둠도 채 가시지 않았다. 추녀니 서까래니 평고대니 주두니 하는 물목들이 차례대로 들어온다. 부산스럽긴 하지만 내부에는 나름의 큰 질서가 있다는 느낌이 있다. 치목治木의 순서가 결구의 순서를 따라서 진행되었을 것이고 그 차례를 지켜서 일이 진행되고 있기 때문이리라.

먼저 설치해둔 주춧돌을 둘러본다. 제 위에 얼마나 무거운 것이 올라앉을지 알지 못한 듯 물끄러미 앉아 있다. 큰 사찰 같은 데를 가보면 옛 비석들이 있다. 그 비신을 받치고 있는 것은 거의가 거북 모양의 석물들인데 그것은 거북이 아니고 무거우면 무거울수록 좋아서 어쩔 줄 모르는 용의 일종이라고 한다. 그 얘기를 듣고 웃은 적이 있다. 등짐이 무거울수록 좋아하는 동물이 있다니 인간에게는 귀여운 측면이 아주 없지 않다. 내내 무거운 것을 올려놓기 미안하니 그러한 발상을 한 것이 아니겠는가. 내 정자의 주춧돌이 그 용을 형상화해서 앉힌 것은 아니지만 물목들을 보니 유난히 주춧돌이 작고 보잘것없어 보인다. 여하튼 무거워도 무거워도 내내 웃는 돌이기를……! 가만 보니 제 등 위로 올라갈 물건들의 면모를 헤아려보면서 뭔가 의미심장한 표정이 되는 듯도 하다.

정자 이름을 임시로 세고정이라 붙였다. 직역하자면 옛을 씻는다는 뜻이 되겠다. 법고창신法古創新의 의미라고 할까? 사람이란 얼마나 단순한 것인지. 친구와 맥주를 마시다가 친구가 어머니를 따라 한 절에 갔었는데 그 절 이름이 세고사라고 하였다. 기도가 잘되는 절이란다. 기도가 잘된다는 의미는 무엇일까? 뜻은 미뤄두고 우선 그 발음이 좋았다. '세고'라. 절 이름이야 '고' 자가 고통을 뜻하는 글자(苦)일 것이 뻔하다. 그러나 그것을 옛 고로 바꾸면 옛날을 씻는다는 의미이니 옛날을 씻어서 다시 보자는 의미가 되지 않는가.

옛것은 아름답다. 옛것처럼 아름다운 것이 없다. 그 말은 골동품이 아름답다는, 편협한 의미가 아니다. 미래는 미지이니 불안이다. 현재는 아직 미완이라 늘 조바심의 시간이 아닐 수 없다. 그러나 지나간 시간은 아쉬움과 후회의 그것이었다고 하더라도 모두가 거울이 된다. 나와 이웃과 역사의 나아갈 바를 비춰주는 거울이다. 인간의 문명으로서의 옛것도 아름답지만 자연 유산으로서의 옛것은, 그것을 옛것이라고 불러야 할지 모르겠지만 말 그대로 하나의 보석이다. 그것은 절대 훼손되어서는 안 되는 것들이다. 가령 하나의 조그만 개울이 있다고 생각해보자. 그 물소리, 그 곡선, 그 빛과 높낮이를 보라. 참으로 선하고 선한 무엇이다. 옛것을 닦고 씻어 새로 보자는 집(丗古亭)이니 기이하지 않은 아쉬움도 좀 있지만 나쁘지 않다.

누마루를 놓고 기둥을 세우고 창방을 올린다. 주두를 놓고 주도리와 굴도리를 올리고 추녀를 올린 다음 서까래를 놓기 시작한다. 선자서까래라 하여 정교하게 부챗살처럼 엮어져 내려와 미리 놓은 평고대 아래 끝에 정확하게 맞춘다. 그 하나하나를 바라보는 것은 얼핏 보면 거칠게 마구 하는 일 같지만 크게 보면 악기를 연주하듯 명확하고 재미있다. 설계된 악보에 맞춰 연주해나가는 것이다. 그렇게 하여 일주일쯤이 걸려 한식 먹기와를 올린 지붕까지 완성되었다. 완성해놓고 보니 예상보다 우렁차다. 늘 원두막이나 생각하고 있던 내 관념으로는 좀 벅찬 문화재급의 건물이 된 셈이니 그렇지 않을 수도 없다.

정자 마루에 앉아본다. 엄동설한이지만 다정스레 앉아보지 않을 수 없다. 마루 아래편으로는 새파랗게 얼어 있는 소나무도 보이고 담장 멀리로는 성이 한층 고풍스럽게 둘러갔다. 대나무가 가늘게 떤다. 복숭아나무가 웅크리고 있고 매화는 좁쌀보다 조금 큰 꽃봉오리를 매달고 있다. 소나무 아래에서 철쭉들이 아직 묵은 잎들을 몇 매단 채 샛바람에 떨고 있다. 봄을 생각한다. 하나씩 돋아나올 꽃빛들을 상상해본다. 복숭아의 그 분홍이 정자의 어느 부분까지 번져올 것인가. 청매화의 어느 가지가 홍매화의 어느 가지가 정자의 처마 끝에 닿으려고 애타게 피어올라올 것인지. 새잎 돋은 대나무는 봄비를 한껏 머금고 휘어져내릴 것이다. 옛날의 정취가 그런대로 배어나올 것을 생각하면 웃음이 번져나온다. 이제는 숨어 잘 뵈지도 않는 주춧돌을 허리 숙여 들여다본다. 웃고 있다. 몇 달 동안 발로 채이면서 정자를 기다리는 벤치 노릇도 하였으나 그 소임이 눈에 뵈지 않는 것이니 할 수 없이 숨어들어가 있다. 그것에서도 배울 것이 한이 없다. 진정한 은자隱者가 거기 있다. 웃고 있다. 아니 웃고 있다고 생각한다.

어느 한가한 봄 저녁이 되면, 출입할 사람이 없는 날을 택해 문 닫고 술을 한잔 마련하고 달이 돋는 시간에 맞추어 거문고를 발목 위에 올려놓을 것이다.

당— 그 소리 멀리 가지 않으면 어떠랴. 정자와 꽃들과 바위와 달빛들과 같이 그 소리를 들어 속에 가지게 되리라.

연등 아래를 지나며

꽃 진 자리마다 신록은 막 밀고 와서 이제 한가득이다. 마당이 밀물로 가득찬 듯 설렌다. 한 구석자리엔 석류를 한 주 사다 심고 또 복숭아와 매화도 한 주씩 사다가 심었다. 원래는 내 집에 속한 땅이 아니라고 해서 비워진 자리인데 그냥 공터로 두기엔 허전하고 아까웠다. 남의 땅이면 어떤가? 내가 그것을 갖자는 것이 아닐 바에야. 올해도 그것들이 자리를 잡고 올라오는 것을 구경하는 재미가 있을 것이다. 작년 것들은 이제 제자리임을 확인했다는 듯 의기양양하게 막밀고 올라간다. 나무를 심는 일을 해본 지 몇 해쯤 된다. 물론 거창한 사업은 아니지만 내 주변에 심을 만한 자리를 찾아내면 그렇게 하고 있다. 돈이 좀 드는 일이지만 나무가 죽지 않고 사는 것이 확인될 즈음이면 본전 생각은 나지도 않는다. 그 돈으로 어디 가서 그만한 즐거움을 살 수 있겠는가. 서툴지만 스스로 즐거워서 하는 일이다. 심고 나서 저녁에 피곤한 몸을 뉘고 생각해보면 나무를 심는 일만큼 스스로에게도 또 남에게도, 더 나아가 전 인류에게까지 유익을 주는 일도 드물 거라는 생각을 하게 된다. 나무를 심는 모습은 그 누구에게도 질투심을 주지 않는다. 장사를 해서 이득을 보면 그것은 이익을 준 입장이 있을 것이요, 공부를 해도 근본 공부가 아니라 남들과 비교해서 우위에 있는 것을 공부 잘한다고 하는 사회이니 모두 참은 아니다. 한데 나무를 심는 행위는 어떤가? 나에게도 남에게도 모두 주는 일이니 과장하면 성스러운 일로까지 생각된다. 추운 겨울을 겸손히 견디는 모습으로 작은 깨우침을 주고 제 가진 성질대로 피워내는 여러 빛의 꽃으로는 가슴 뛰는 즐거움을 준다. 잎의 빛과 그늘로는 시원함을 준다. 과학적 상식으로도 오염된 공기를 갈아준다고 하지 않던가? 가을이 되어 조락의 때가 오면 갈무리의 모습을 해마다 반복하며 인생에도 그러한 때가 오리라는 예감을 준다. 해마다 반복하는 뜻을 나는 '혹 잊은 건 아니지?' 하는 되물음으로 새긴다. 생각해놓고 보니 내 생각도 귀엽다.

엊그제 귀갓길에 보니 신록 사이로 빨간 연등을 거는 모습을 볼 수 있었다. 우리 동네에 있는 절의 신록은 높고 높은데 그 높다란 신록 사이를 연결하는 연등은 더할 나위 없는 조화의 아름다움을 연출한다. 한데 그보다 더 아름다운 건 그 아래쪽 하늘에 걸려 있었다. "부처님 오신 날을 축하합니다. ○○○성당"이라는 구절의 플래카드였다. 그 절에서 얼마 떨어지지 않은 아래쪽에 성당이 있는데 빨간 벽돌 건물로 아기자기 지어진 크지 않은 건물이다. 작년 겨울 그 앞을 지나던 생각이 난다. 크리스마스트리가 과히 화려하지 않을 만큼 멋드러지게 반짝이고 있었던 것이다. 그런데 그보다 더 멋졌던 것은 그러한 불빛들이 아니라 좀더 위쪽 하늘에 있었다. "예수님 탄신을 진심으로 축하합니다. ○○사 신도 일동."

그 종교인들의 성숙을 보여주는 모습이 아닐 수 없다. 언제가 경상도 어느 산골의 절에 갔다가 낯설다면 낯선 풍경을 본 이래 나는 희망을 본 듯 훈훈했었다. 그때도 부처님 오신 날 즈음이었는데 수녀님이 대웅전 안에서 연꽃 만드는 일을 하고 있었던 것이다. 사연인즉 그 수녀님의 쌍둥이 동생이 그 절의 비구니라는 것이었다. 둘 사이엔 아무런 담이 없음을, 거리낌도 무엇도 없음을 안다. 그 이후 나는 부처님 오신 날이 가까이 오면 한 가지 버릇이 생겼는데 개신교 앞을 지나갈 때면 무엇인가를 찾아보게 되는 버릇이 그것이다. 무엇을 찾는 것일까? 한데 내 눈이 나쁜 것인지 아직 찾아내지는 못했다. 몇 해 전 전남의 어느 고찰의 유서 깊은 탱화에 누군가가 몰래 십자가를 그려넣어 훼손했다는 보도를 보고는 가슴이 터질 듯 답답해져오는 것을 느꼈었다. 그 절의 입장에서는 폭격을 맞은 심정이었을 것이다. 이라크인의 그 심정 말이다. 그러한 행위의 가슴들에 나무를 심고 싶다고 하면 너무 감상에 빠진 것일까? 아니면 나와 나의 소박한 생각을 너무 높이는 결과가 되는 셈인가? 그래도 할 수 없다. 어떤 나무에도 십자가나 마리아상이나 불상이 있지 않다. 그러면서도 십자가요, 마리아상이요, 불상이지 않은가? 연등 아래를 지나가며 하는 비종교인의 생각이다.

눈사람에 대하여

올겨울에는 눈이 많이 내릴 것이라는 기상 예보가 있었다. 추위도 예년의 기온을 되찾아 지난 몇 년의 따뜻한 날씨보다는 훨씬 추울 것이라고 한다. 그 보도가 잘 들어맞을지는 알 수 없지만 나는 즐겁다. 무엇보다도 내가 사는 서해안쪽에 눈이 많이 내릴 것이라는 예보는 서른 살이 넘은 내 나이를 움직여 설렘에 젖게 만들고 있다.

근래에는 큰 눈을 만난 기억이 없다. 그러나 어린 시절에는 해마다 겨울에 눈이 많이 와서 늘 발목이 빠지는 눈길을 걸었던 것 같다. 어린 시절의 기억이란 모두에게 과장되게 마련이지만 혹독한 추위에 발이 얼어 고생을 많이 했던 것도 같다. 온 천지가 꽁꽁 얼어붙어 밖에 돌아다니지 못하고 뜨끈한 구들장 위에서 빠끔히 밖을 내다볼 때의 아늑함의 맛이란 이후로는 어디에서도 되찾을 수 없는 영원히 깊디깊은 '품'이 아니었을까.

눈이 내리면 흔히는 그 즐거운 마음을 눈사람을 만드는 것으로 구체적으로 표현하는 것이 우리네의 어릴 적 관습이다. 지금 도회지에서야 눈을 뭉쳐 굴리면 시커먼 먼지 매연 때가 묻어나 차마 손으로 굴릴 수 없을 지경이지만 시골에서는 깨끗한 흙들이며 지푸라기들이 묻어나다가 이내 새하얀 눈송이들이 살결처럼 눈사람을 만들어준다. 한 사람이 더 굴릴 수 없을 만큼 커지면 굴리던 눈덩이를 그 자리에 세우고, 다시 하나를 굴려 먼저 것 위에 들어올릴 정도가 되면 낑낑대며 들어올려 하나의 사람 형상을 만들어내는 것이다.

그 눈사람이란 늘 제주의 하르방같이 소박하고 눌변의 사람을 닮게 마련인 걸 보면 그 만드는 사람의 심상을 짐작할 수 있다. 사악한 마음을 가진 사람이 결코 눈사람을 굴릴 여유가 있을 수는 없다. 솔잎이며 나뭇가지를 꺾어 얼굴 치장을 하는 것도 늘 그 만드는 사람의 마음의 표정을 닮게 마련이어서 반쯤 바보처럼 웃는 형상이 대부분이다. 바보가 되지 않고는 눈사람을 만들 수 없다. 바보가 되지 않고는 현실적인 이득이 아무것도 없는 그런 행동을 할 수 없다. 그러나 그 바보는 천사의 다른 이름이다. 아이들이 그렇듯이 말이다.

그렇게 만들어놓은 그 하얀 눈사람은 날씨가 밤새 따뜻할 경우 아침에 나가면 모두 사라지고 없는 수가 많다. 아니면 반쯤 녹아 흉물스럽게 서 있든가. 아무튼 그 눈사람은 끝내는 흔적도 없이 사라지고 만다.

이제 나이가 들어 올해는 많은 눈이 내릴 것이라는 기상예보를 접하면서 교통 대란이 일어날 것이라는 걱정에 앞서 눈사람 만드는 광경이 먼저 떠오른 것은 다행한 일이다.

또 하나 그 눈사람의 일생이 우리네 삶의 여정과 아무것도 다를 것이 없다는 조금은 허무적이고 조금은 겸양스러운 비유가 떠오른 것은 지금 우리네 세태를 너무 많이 반영한 것일까. 먼 우주를 향하여 이승에 아무런 흔적도 남기지 않고 사라져가는 눈사람의 일생에서 우리는 무엇인가를 깊이 생각해볼 수 있지 않을까? 그래서 올해에는 눈이 많이 내린다는 소식이 더욱 반갑고도 즐거운 것이다.

하나 남은 전직 대통령이 어쩌면 마저 감옥에 갈지도 모른다는 얘기를 하면서 어떤 청년이 옷깃을 여미며 지나간다. 나는 씁쓸한 입맛을 다시며 눈이 펄펄 내리는 벌판을 상상해볼 뿐이다.

무덤의 체험

여관방에 갈 일이 있을 때가 있다. 객지일 때다. 돈이 많이 있을 경우는 여관에 가지 않고 호텔에 갈 수도 있다(호텔에 가는 것도 객지일 때일 것이다. 그러나 호텔의 경우는 다른 일로도 드나들 수 있다. 사랑을 나누거나 숙박 외에 다른 일. 가령 사우나나 좋은 커피숍에서의 약속 등등. 아주 큰 호텔엔 갖가지 고급 음식점들도 있고 술집도 있고 수영장까지 있어서 더더욱 사랑을 위해서 드나들었다고 말하면 화를 낼지 모른다. 그러나 그러한 부대시설이란 사랑 행위를 좀더 용이하게 하기 위한 장치가 아닐까? 그런 분들에게는 사랑 행위나 숙박이 아닌 다른 일로 드나들었다고 영수증이라도 하나 해주면 좋을 것이다. 나중에 억울한 누명이라도 쓰게 되면 면할 수 있는 물증이 될 테니까. 물론 가족 호텔이라는 것도 있긴 있다). 그러나 그런 데는 여관방에 비해서 여간 비싼 것이 아니다. 그런 데가 불편하지 않기는 당대 어렵게 돈을 번 사람들은 아마도 힘이 들 것이다. 물려받은 것이 있어서 그걸 거리낌없이 사용할 수 있어야 가능하리라. 최소한 제 돈 주고 갈 때는 그러하리라는 것이다. 짐작인데 현대그룹의 창업주인, 돌아가셨지만, 정주영 같은 사람도 고급 호텔에 들어가 있으면 불편해하지 않았을까? '돈이 얼만데 이런 데서 자느냐' 하고 충분히 말할 수 있다. 그런데 이른바 안가 같은 데가 있다면 그런 데는 좀 달랐을 것이다. 거긴 자기집이니까. 제가 번 돈은 많건 적건 아주 귀한 것이다!

호텔이 아닌 그 여관방 경험의(이 '경험'이라는 말에 많은 사람들이 나를 불결하게 생각할지 모른다. 그렇다면 나도 많은 사람들을 불결하게 생각하면 되지만 뭐 그렇게 생각하지 않겠다) 핵심은 고독이라는 것이다. 그곳처럼 사람을 고독하게 만드는 장소를 나는 달리 알지 못한다. 고독이 뭐냐고 묻는 사람이 있다면 무슨 계기로든, 가령 섹스를 하기 위해서든 하룻밤을 지내기 위해서든, 텔레비전을 보기 위해서든 여관방에 가보라고 말할 것이다('텔레비전을 보기 위해서'라는 말에 의아한 사람을 위해 한말씀하자면, 오래전 어느 작가에게 들은 이야기다. 한 남자와 한 여자가 여관방에 들어갔는데 그만 두 사람 중 한 사람의 애인, 또는 부인, 또는 남편에게 들켰다는 것이다. 미행을 당한 것인지 아니면 제보에 의한 것인지는 알 수 없다. 왜 이런 데에 왔느냐고 물었더니—아주 개인적인 의견이지만 그런 데를 미행하거나 하면 안 된다. 설령 우연히 발견했다고 하더라도 왜 그런 데를 들어갔느냐고 질문하는 것은 참 우문에 속한다고 본다—텔레비전을 보러 들어왔다고 대답했다는 것이다. 그 이야기의 시대 배경이 언제인지 확실치 않지만 그때가 만약 흑백텔레비전이 남아 있는 시대였다면 돈 많은 사람들이 호텔의 부대시설을 이용한 것과 똑같은 거다. 기억력이 좋은 사람은 알 것이다. '컬러 TV, 욕실 완비'를).

우선 그곳에 가기 위해서는 수많은 시선을 견뎌야 한다. 그 시선은 의식된 시선이다. 그 시선은 무시무시하다. 인간과 인간 사이를 잇는 철망의 시선처럼 느껴진다. 섹스를 위해서 그곳에 들어설 때는 더더욱 그렇다. 오랜 유전처럼 세상이 자신의 내부에 설치한 시선까지 모든 보이거나 보이지 않는 시선이 집중되는 순간이다. 금방이라도 포기하고 싶도록 그 강도는 강하다. 그 견딤은 인내와는 다르다. 인내는 쓰다, 그러나 그 결과는 달다 따위의 경구 아닌 경구와는 다른 것이다. 두 사람 사이의 시선마저도 가지런하지 않다. 서로 부딪친다. 그리고 그 근저에서는 서글픔이 배어든다.

　침침한 복도를 지나고 조심스레 돈을 지불한다. 되도록 누구와도 시선을 마주치지 않게, 재빨리 열쇠를 받고 호흡을 가다듬고 빨간 불들이 드문드문 버섯처럼 피어 있는 복도를 지나가는 것이다. 복도에서는 복도 냄새가 난다. 그 또한 후각적 고독이다. 호텔은 그렇지 않다. 호텔은 밝고 생기에 가득하다. 그리고 거기엔, 밖으로부터는 부러움의 시선이, 내부에서는 자부심의 시선이 서로 붐빌지도 모른다. 그도 아니라면 가면을 쓰고 외국인이 되어서 들어가는 건지도 모른다. 그런데 여관방에 들어갈 때는 가면을 쓸 수 없다. 참으로 이상한 일이 그것이다. 그런 맥락에서라면 돈이 가면이다. 가면을 갖기 위해서는 돈이 있어야 하는 것이다.

　수많은 상처들로 가득한 욕실은 차라리 정답다. 쫄쫄대는 물소리와 옹색한 샤워기, 싸구려 타월에 올려진 도저히 사용할 수 없는 인도풍의 칫솔은 두 개가 서로 껴안고 있다. 꽃무늬가 드리운 나일론 벽지와 늘어진 벽걸이 선풍기의 연결선은 마치 목을 매어 죽고 싶을 정도로 우울하다. 침대는 삐걱이고 복사기보다도 작은 냉장고는 소리만 날 뿐 시원하지 않다. 두 개의 유사 유명 드링크 상표가 패러디되어 뜨듯한 냉장고의 객 노릇을 하고 있다. 하나는 남자 몫(좀 큰 것)이고 다른 하나는 그 상대의 몫인 모양이다. 그것들도 섹스를 위해 찾아든 슬픈 길손들만 같다.

거기 가만 누워 있으면 옆방에서 정사가 벌어진다. 그것은 피난민들의 피난 소리는 아닌가. 그것은 세상에 대해 어찌할 수 없는 자들의 운명의 숨소리들이 아닌가. 운명을 개척하라는 말이 있지만 저렇게도 운명은 개척되는 것이다.

이 공간은 영원한 소외의 공간이 될 수밖에 없는 운명이다. 그 누구에게도, 이 공간을 이용하는 그 누구에게도 추억되지 않을 것이고, 아니 그 추억은 공표될 수 없을 것이고 이 공간의 소유주에게도 소중하게 기억될 리 없다. 기억은커녕 하루가 바쁘게 숨겨지고 또 없어져야 할 '전과'가 될 것이다.

방금 전에도 누군가 다녀간 흔적이 있지만 그가 누구인지 알 수 없고 또 얼마간의 시간이 지나고 나면 나 또한 얼마간의 흔적을 흩어놓고 지나갈 것이지만 누가 다가와 나의 흔적을 지우며 지나갈지 알 수 없는 공간이다. 그 구체적이고 빠른 표상의 변화를 그 시간과 시간 사이, 그 공간과 공간 사이를 단순히 성욕이 지나간다고만 말할 수는 없을 것 같다. 잠시 머물다 가기는 인생 전체와도 크게 다를 바도 없지 않은가.

모든 것이 '텅 빈 직전'인 이 공간이야말로 고독의 공간이
아닐 수 없다. 인간의 자잘한 숨결 말고는 자연의 어떤 것도
존재하지 않고 모든 것이 인위로서 존재하지만 단 하나도
누구의 소유가 아닌, 그리고 앞으로도 누구의 소유가 되기
를 거부당할 사물들, 그리고 그 사물들의 그림자와도 같은
침묵으로 일관한 사람들 사이의 모든 공간과 시간들은 딱딱
한 늪이다. 그것은 죽음이고 죽음이다. 죽음이 바라보는 또
다른 죽음이다. 어쩌면 이 공간이야말로 사랑의 영원한 고
고학적 공간인지 모른다.

　그런데 누군가 그 공간을 사랑한다면 놀랄 만한 일이 아
닌가. 섹스를 위해서도 아니고 하룻밤 객지에서 고단한 뼈
와 근육들을 풀어줄 공간으로서도 아닌 그 '텅 빈 직전' 때
문에, 아무에게도 소유되지 않을, 아무에게도 각별히 기억
되지 않을 그 성격 때문에, 기억에서도 지상에서도 얼마 후
면 곧 소멸될 운명 때문에, 이 공간을 사랑한다면 놀랄 만
한 일이 아닌가? 실로 놀랄 만한 일일 것이다. 많은 이들이
말할 수 없는 사랑을 나누고 그 흔적을 버리고 또다른 말없
는 흔적이 그 위를 스치고 또다른 사랑이 거기에 정욕을 뿌
리고 가고 또다른 꿈이 달콤한 이야기를 뿌리고 가고 또다
른 아픔이 그 위에 얼룩을 만들고 가는, 그러나 그게 누구
의 흔적인지가 중요하지 않은 그 무정부적 공간의 그 무정
부적 운명 때문에 그 공간을 사랑한다는 것은 놀랄 만한 일
이 아닌가? 그러나 알고 보면 모든 인간이 이 공간을 남몰

래 사랑하다 간다. 그것은 달리 말하면 모든 '직업적 도덕주의자들'이 애써 강조하는 '인간이기 때문에'라는 말이 여기에도 적용된다. 인간 이외에 누가 이러한 공간을 마련하고 이용할 것인가. 그리고 무엇보다도 인간의 내면이 바로 이 공간과 너무나 흡사하지 않은가. 여관방이란 그래서 너무나 힘겹고 위험하게 쟁취하여 너무나 간단히 잃어버리는 코뮌적 해방 공간이다. 일종의 무정부적 죽음의 체험장임으로 더더욱 그렇다.

언제 나라를 가진 백성이 될까

남녘에서 올라오는 소식 중에 큰 아름다움은 아마도 이른 봄의 매화 소식일 것이다. 제주에서부터 시작하는 그 꽃소식은 남해 여러 섬들을 거쳐서 내륙에 닿는다. 그러고는 수도 서울을 거쳐 북녘으로 올라간다. 봄이란 무엇인가. 길고 지루한 겨울 한파를 이긴 소식, 간절한 기다림 끝의 응답이 아닌가. 그렇다고 해서 북녘에서부터 내려오는 단풍 소식이 겨울을 몰고 오는 일이어서 반기지 않는 것은 아니다. 모두 시간의 섭리를 배우는 뜻깊은 소식임에 틀림없다.

얼마 전 반가운 소식이 왔다. 그것도 꽃소식의 한 가지였다. 한동안 서툰 붓 자루를 들고 출입하던 인사동 고산 서실古山 書室 주인 김정호 선생님의 '백난청분白蘭清芬'이라는 제목의 전시회 소식이었다. 아흔아홉 폭의 난초만을 그려 모은 이색 전시였다. 여기서 백白은 백百에서 한 일一 자를 뺀 것인데, 아흔아홉 폭의 난이 풍기는 저마다의 다른 맑은 향을 가리키고, 백에서 하나를 덜어낸 의미는 마지막 하나의 진경眞境을 위한 여백을 남긴 것이라고 고전문학자 정민 교수는 그 의미를 새겼다.

세상살이가 왜 이리 바쁘고 험한지 한탄하면서 시간을 쪼개 전시장을 돌아봤다. 전시장에 들어서니 난과 묵의 향이 그윽하게 정신의 땀을 식혀주었다. 한 폭씩 살펴 지나가는데, 문득 나는 오래 서 있을 수밖에 없었다. '탁근무지托根無地, 뿌리를 맡길 땅이 없구나'라는 노근란露根蘭 한 폭 앞이었다. 난 잎들은 오른쪽 절벽 아래쪽으로 휘어졌는데, 겨우

두 송이의 꽃이 가난한 부부처럼 꽃을 피워 서로 화답하며
바라보고 있다. 뿌리는 처량하게도 그대로 드러나 어디 한
뼘 기댈 데가 없다. 나는 망연히 그 자리에 오래 서 있었다.

원래 노근란은 정사초鄭思肖라는 13세기 송나라 사람에게
기원을 둔다고 한다. 시문에 능했고 특히 묵란墨蘭에도 뛰어
났던 그는 송宋이 원元에 멸망하자 호를 사초思肖라고 했는데,
두 글자를 합하면 조趙가 된다고 한다. 조씨의 나라인 송을
생각한다는 의미에서 망한 나라를 잊지 않겠다는 의미를 두
었다. 그에게서 발현된 노근란의 전통은 구한말 운미芸楣 민
영익閔泳翊의 묵란에도 등장한다. 언젠가 뛰어난 그의 묵란
한 폭을 인쇄로나마 들여다보면서 나라의 위태로움과 근심
이 예술에 어떻게 드러나는지, 그리고 그 표현의 정갈한 솜
씨와 마음씨를 새삼 새겨본 바 있었다.

봄소식을 맨 먼저 알리던 남해의 아름다운 바다가 엉뚱한
소식을 타전하더니, 어느새 그 소식은 바뀌어 차라리 거짓
같은, 믿을 수 없는 망연한 소식으로 다가온다. 분노를 넘
어, 절망을 넘어, 이게 나라인가. 우리가 사는 이 나라가 그
토록 찬양하던, 근대화한 선진국이란 말인가. 절규하지 않
을 수 없는 소식이었다. 썩어빠진 나라에 돈냥이나 있으면
무얼 한단 말인가.

나는 고산 선생님의 난 아흔아홉 폭 중 단 한 폭뿐인 노근
란 앞에 섰지만, 나머지 모든 난 그림이 노근란인 듯한 착
각에 잠기지 않을 수 없었다. 어디에도 마음의 뿌리를 둘 곳

053

없는, 의지할 데 없는, 나라 잃은 어린 백성들을 본다. 절망 속에 숨도 쉴 수 없는 부모들을 곁에 두고 담당 장관이 태연히 라면을 먹는 사진은, 기념사진을 찍자고 했다는 소리는 차라리 거짓 보도였으면 좋겠다. 하지만 그렇지 않은 모양이다. 그들이 과연 우리와 같은 백성이란 말인가. 아픔이 있는 자란 말인가. 우리는 언제 나라를 가진 백성이 될까?

작약꽃밭 속의 얼굴들

빈집에 작약이 한창이었다. 갑자기 눈물이 돌았다. 빈집
이었으니 보아줄 이도 없는 꽃이었음에도 그것들은 최선의
빛을 발하고 있는 듯이 보였다. 꽃이 인간을 위해 피어나는
것은 아니지만 그러나 그 꽃밭은, 이 세상 모퉁이 어디선가
아무도 눈여겨보아주지 않는 인생이 있을 것이고 그 인생도
어쩌면 저 5월의 작약처럼 찬란한 것일지 모른다는 생각을
일으켜주었다. 나는 그 외롭고 찬란한 인생을 짐작하며 눈
물겨웠는지 모른다.

그토록 오래 집을 비워둔 까닭이 있었다. 그때 나는 누군
가를 사랑하고 있었다. 이 세상 그 어느 누가 사랑을 막을 수
있던가. 아무도 모르는 사랑이었으므로 그것은 외딴 산모퉁
이에 서 있는 느티나무의 그늘과도 같은 것이었다. 아무도
와 쉬지 않는, 그러한 그늘 말이다. 어느 날 문득 그 사람은
멀리 가버렸다. 그것은 당연한 순서다. 나에게 온 감정이 그
에게 가닿은 것도 아니었다. 또한 붙잡을 처지가 아니었으
므로 어쩌해볼 수도 없었다. 폭풍처럼 열병이 왔다. 누구와
도 얘기할 수 없는 사랑이었으니 속에 멍이 가득해지도록
앓았다. 그런 처지에서도 꽃을 가꿀 수 있다면 그는 참으로
강한 사람일 터이다. 하여튼 나는 꽃은커녕 사는 것이 다 싱
거워졌다. 그러는 동안 봄이 오고 신록이 밀물과도 같이 숲
을 다 덮었다. 나의 별서는 오래 비어 있을 수밖에 없었다.

그때 나는 애써 침을 삼키고는 그 찬란한 작약꽃들 앞에
앉았다. 한 사람을 향했던 마음을 다독였지만 쉽게 가지런

해지지는 않았다. 스스로를 향한 미움인지 아니면 원망인지
먹구름이 마음을 덮고 지나가지 않았다. 그토록 무겁게 나
는 그 앞에 앉아 있었던 것이다. 한참 동안 꽃들을 응시하
다가 나는 서서히 꽃의 표정에 동화되어갔다. 그때 그 꽃들
에게 무슨 질문을 했는지 기억나지 않는다. 하지만 그 꽃들
에게서 나는 살아갈 용기를 조금씩 얻는 느낌이었다. 외롭
다는 것, 홀로 있다는 것, 허무하다는 것, 혹은 인연의 무상
함이라는 것을 그 빈집을 밝히던 찬란한 꽃밭은 내게 일러
주었다. 이 세상의 모든 인생살이들이 다 그러하다는 것도.
　그 이후 나는 작약이 필 즈음이면 늘 그 별서에 가 있곤 했
다. 그리고 조금 과장하자면 두근거리는 마음으로 꽃을 기
다렸다. 역시 아니나 다를까 조금씩 불어난 식구들을 데리
고 꽃들은 더 많이, 더 크게 피어났다. 나는 그 꽃 속에서
떠나간 그 사람의 얼굴을 본다. 그의 아득한 목소리도 듣는
다. 그리고 그의 삶에 축복을 빈다. 그러다보면 그 사람만
이 아니라 내가 살며 만나고 헤어진 많은 인물들을 불러오
게 된다. 이승을 떠난 할머니도 있으며 아버지도 있다. 절친
했던 친구도 있고 사랑했던 여자도 있다. 그들의 안부를 나
는 그 꽃에게 묻는다. 아니 그 꽃들이 그들의 안부를 전하는
것만 같다. 그뿐이랴. 이제 헤어져야 할 많은 사람들의 목
소리도, 표정도 불러온다. 그리고 그들의 미래의 안부도 전
해줄 것을 그 꽃들에게 청한다. 물론 그것은 나 자신을 위
한 기도이기도 하다.

얼마 있으면 나는 찬란히 피어날 작약을 보러 그곳에 갈 것이다. 그 생각만으로도 벌써 일상 속에서 상처받고 헝클어졌던 마음이 가지런해진다.

1년에 한차례씩 그렇게 작약을 만나는 일은 어쩌면 내 마음에 둥근 나이테를 하나 그 꽃빛으로 늘리는 일이다. 어떤가. 오래전에 만나고 헤어졌던 인연을 다시 불러보는 방법치고는 괜찮은 방법 아닌가. 왜냐하면 한 번도 어기지 않고 찾아올 둥그런 인연이므로.

2
가만히 깊어가는 것들

미인

한 미인을 만났습니다.

어떤 밤이었습니다.

미인 곁으로 넓지 않은 작은 강이 한 폭 흐르고 강물 위에 내가 어찌해볼 수 없이 푸른빛들이 떴습니다.

물은 흘러도 그 빛은 그 자리에 여전히 떠서 흐르는 물들을 어여쁘기라도 한 양 잘 다독여주고 또 다독여주고 있었습니다.

미인은 그 빛들과 같습니다.

징검돌을 하나씩 놓아 그 빛에게 가고 싶습니다.

그러고 보니 미인이라는 말도 미인이고 또 미인입니다.

할로겐등을 켜놓고 멍히 앉아 있습니다.

아주 조그만 평화를 위하여

늦은 아침, 밥을 먹겠다고 부엌으로 가다가 문득 식탁을 허리띠만한 리본으로 묶어놓고 있는 햇빛 자락을 보았습니다.

도화지 한 장으로도 다 가릴 수 있는 쪽창문 틈으로 들어온 것입니다. 누가 볼세라 얼른 풀어 내 허리에 매고 싶도록 어여쁩니다. 밥 먹는 것을 미루고 잠깐 그 곁에 의자를 끌어다 앉습니다. 그리고 가만히 그 빛의 띠 안으로 내 손을 내밀어봅니다.

손등 위에 환하게 올라서는 이 빛의 파동들. 언뜻 당신의 손이 내 손등 위에 얹히는 것으로 여기고 싶어집니다. 아니 내가 길게 팔을 뻗어 당신의 손등을 감싸는 것으로 여기고 싶어집니다. 지난 어느 때였던가요. 어느 대합실에서 나는 당신 무릎 위에 놓여 있던 당신의 손을 물끄러미 내려보다가 문득 내 손으로 감싸쥐고 싶었던 적이 있었습니다.

그러그러한 생각에 당신이 그리워져 가슴 아래께가 먹먹해집니다. 이 아름다운 빛이 갑자기 마음속으로 들어와서 먹먹한 띠가 되어버리고 말았습니다. 그래도 여전히 환한 빛입니다. 종일을 이 빛의 띠가 내 가슴을 두르고 있겠군요. 정말로 아픔이랄까, 환함이랄까, 설렘의 뒤끝이랄까, 딱히 뭐라 정의할 수 없는 느낌이 아주 구체적으로 가슴속 살內에 느껴져 저는 가끔 손으로 그 언저리를 만져보기도 합니다.

내 삶을 내내 묶는 한 아름다운 띠가 되리라는 예감이 듭니다.

어떤 손길

　오늘 하루 난간에 앉아 올려다보던 하늘은 부드럽고 은은한 푸른빛으로 거기에 머물고 있었습니다. 지금은 밤이지만 낮에 보았던 하늘이 내 이마 근처에서 지금도 머무는 듯합니다. 무슨 까닭에 아무 별다를 것 없는 겨울 하늘을 그렇게 유심히 바라보았던지 잘 기억나지 않습니다. 가을 하늘의 그 해맑고 드높은 쾌청함도 아닌데 말이지요. 가을 하늘, 그 새파란 청년이 겨울이 되면 바로 완연한 노년의 빛으로 있는 듯 없는 듯 거기 걸려 있습니다. 그래서 겨울 하늘은 별로 바라볼 일이 없는 노릇이지요. 한데도 오늘은 꽤 오래 하늘 한 귀퉁이에 눈길을 주었던 듯싶습니다.

　틀림없이 당신이 살고 있는 쪽의 하늘이었겠지요. 그것은 이제는 바람이 불어가는 쪽으로 풀잎들이 눕는 것만큼이나 자연스러운 일이 되었습니다. 오늘 하루 당신 눈동자에는 과연 어떤 것들이 앉았다 갔을지도 궁금해집니다. 그러나 너무 멀리 있으므로 그저 그런저런 궁금증들을 달게 삭히는 것이 내 저녁 한때의 큰 낙이기도 합니다. 당신도 낮에 그렇게 오래 보아둔 무엇이 있는지요. 있어서 저녁이 되어도 이토록 마음에 남아 이마를 환하게 밝히는지요.

　하늘을 바라볼 때면 언제나 같이 떠오르는 풍경 하나가 제게는 있었습니다. 어느 한적한 마을을 빠져나와 빈 겨울 들판을 건너가는 들길의 풍경이 그것입니다. 들길은 들판 끝으로 가서는 아스라이 사라지지요. 저는 그 사라진 길이 하늘로 이어지는 길이라고 생각하지 않을 수 없답니다. 영화

이티E.T.에 나오는, 너무나 유명한 자전거 장면이 생각나는 지요. 영화에서처럼 자전거는 아닐지라도 그냥 하염없이 걸어가면 그대로 스스로 소멸되어 하늘에 닿을 것 같은 그런 들길의 풍경이 떠오릅니다. 참으로 오래 쓸쓸한 풍경입니다. 단 며칠만 존재하다가 사라진 왕국의 흔적처럼 나는 그 길을 걸어서 당신에게 가는 풍경을 만들어보기도 한답니다. 어느 때는 그 길 끝에서 당신과 함께 이편으로 건너오는 풍경을 택해보기도 합니다. 다 부질없는 상상이지만 그래도 그 시간은 다디답니다. 한데 오늘 문득 전에 없던 장면이 하나 덧대어 떠올랐습니다. 지금 생각해도 참으로 신비스러운 풍경입니다. 들길이 들판을 벗어나 더이상 보이지 않는 곳, 하늘에 다섯 손가락을 활짝 펼친 신비한 손이 하나 보이는 것이었습니다. 하늘에서인지 어디에서인지 알 수 없이, 살바도르 달리의 어떤 그림을 연상시키는 그런 손길이 하나 나타났다가 이내 물기가 마르는 것처럼 증발하는 것이었습니다. 좀처럼 쉽게 볼 수 없는 풍경이므로 섬뜩하고 무서울 법도 했으련만 그런 기분은 전혀 들지 않았습니다.

그 손길은 너무도 부드럽고, 푸근하고, 아름다운 손길이었습니다. 혹 당신이 어느 새벽녘 강에 나가 막 피어오르는 안개에 당신의 손길을 뻗어 이쪽으로 실어보낸 것은 아닌지 모르겠습니다. 그 장면은 저녁 내내 제 뇌리를 떠나지 않았습니다.

저는 지금 그 손을 향해 제 손을 조용히 내밉니다. 그리하여 그 손길이 이끄는 대로 어디론가 향합니다. 아마도 그곳은 당신만이 아는 어느 곳일지도 모른다는 생각을 합니다. 때로 생은 그런 신비로운 손길에 의해 움직인다는 것을 저는 알고 있습니다. 혹 그것이 사랑의 얼굴은 아닐까요. 오늘밤 저는 그 손길 아래 잠들지도 모르겠습니다. 누구에게든 자세히 보면 따스하고 신비로운 그런 손길이 하나쯤 이마 위에 있다고 생각하니 모처럼 달고 깊은 잠에 들 수 있을 것 같습니다. 그것이 당신의 손길이든 아니면 그 무엇이든 오늘은 아름다운 하루였다고 혼잣말이라도 하고 싶습니다.

절터

절터엔 오롯이
탑 한 기만 남아 있었습니다.
빈 절터에서 밤이 올 때까지
오래 앉아 있고 싶을 때가 있었습니다.
주춧돌만 남은 절터는
사랑이 지나간
가슴과도 같습니다.

가만히 깊어가는 것들

가을이 와서 어느덧 깊어가고 있습니다.

깊어가다니요.

어디로 깊어간단 말일까요.

가을 나무들은 길었던 푸른 세월을 마침내 붉은빛으로 익혀서는 내면으로 듭니다. 그러고는 긴 동안거冬安居에 임합니다. 마침내는 중심을 열어 청정한 나이테 하나를 얻습니다. 나무들은 그렇게 깊어지는데 우리들 인연의 여러 얽힘들은 무엇으로 어떻게 깊어지는 걸까요. 벌레들은 밤새워 고요 속에다가 갖가지 수를 놓는 듯싶습니다. 처음엔 몇 필疋 될 듯싶더니 지금은 그저 손수건 한 장쯤에 짜는 모양입니다. 그만큼 밤도 깊습니다.

밤이 깊으면 병인 듯 이런저런 먼 곳의 일들이 궁금해지곤 합니다. 먼 곳의 빛과 소리들이 그립습니다. 그러나 밤이므로 길을 나설 수는 없습니다. 그저 창 앞을 서성이며 그렇게 그리워할 뿐입니다. 어쩌면 그곳은 내 발길이 닿을 수 없을 만큼 먼 곳인지도 모릅니다. 그 사이에 놓여 있는 그리움만이 갈 수 있는 그런 곳 말입니다. 당신을 만나고 온 지 벌써 오래입니다.

당신 곁을 흐르던 강물은 여전하겠지요.

강물 속의 까만 돌들도 나란히들 누워 가을빛을 받아 어른거리고 있겠군요. 지난여름 장마의 무섭던 물너울들을 넘기고는 한껏 깨끗한 정신으로 그렇게들 누워 있을 모습이 눈에 선합니다.

흙과 나무와 돌 들로 지어진 당신의 집은 어떻습니까. 세월의 한쪽 기슭에서, 호젓하게 세상살이의 여러 비밀에 대해 근심하며 어떤 따뜻한 상징처럼 낮게 앉아 있을 당신의 집. 내가 종내는 당신과 함께 살다가 죽고 싶은 그 집. 당신은 그렇게 거기 있고 나는 이 번잡한 구획의 한 모퉁이에서 쉬 떠날 수 없어 돌을 들여다보듯 내 그리움의 속살들이나 들여다보고 있을 뿐입니다. 그러다가 불현듯 무엇인가를 삭히듯 돌 하나를 꺼내 나 자신도 잘 알지 못할 무늬 같은 것들을 새겨넣어보기도 합니다.

새벽녘 하늘엔 말굽만한 하현달이 걸려 있습니다. 당신도 혹 보고 있을지 모르겠군요. 당신의 시선 위에 내 것이 겹쳐진다고 생각하니 가슴 한편이 울렁입니다. 그 울렁임의 무늬로 혹 이 가을이 깊어지는 것인지…… 당신은 너무 멀리 있으므로 나는 그저 저 달에게 그리움의 수레를 매놓고서는 마음만 뒤척일 뿐입니다. 꽤나 오랜 서성임입니다. 가을이 깊습니다.

가만히, 내 마음으로부터 당신의 마음속으로 깊어가는 것이 또한 있습니다. 달은 내 그러한 관념의 마을을 넘어서 마침내 당신에게 가닿을 것입니다.

바람 소리 곁에 누워

소소하게 바람에 창이 덜컹이는 소리가 들립니다. 이제 바람은 차서 맨살에 닿으면 으스스합니다. 낮에 보니까 나뭇잎들도 다 져서 숲은 그만큼 맑아졌습니다. 언젠가 당신과 함께 겨울 숲길을 걸을 적에 바람에 나뭇잎 하나가 당신의 이마에 날아와 붙었다가는 귀밑머리께에 가서 잠시 걸려 있다 날아가던 순간이 생각납니다. 당신은 아마도 바람결에 옷깃을 여미느라고 알아차리지 못했던 듯합니다. 아니 잠시 눈을 마주치고 웃었던 것도 같군요. 너무 먼 기억은 쉽게 구부러지기도 하는 것이지요.

찬바람이 부니까 국화꽃 생각이 납니다. 국화는 밤길을 오래 걸어서 귀가 시릴 때쯤이면 피는 꽃이지요. 언젠가 읽었던 다산茶山 선생의 국화에 대한 글도 생각이 납니다. 「국영시 서菊影詩 序」라는 글이었습니다. 국화는 다른 꽃보다 네 가지가 뛰어나 오래 견디는 것과, 향기와, 요염하지 않으며 고운 것과, 깨끗하나 싸늘하지 않은 점을 취하여 즐긴다고 했는데 선생은 이 네 가지에 한 가지를 더해 촛불 앞의 국화 그림자를 즐겼다는 내용입니다. 밤마다 그것을 위하여 담장 벽을 쓸고 등잔불을 켜고 쓸쓸히 그 가운데 앉아서 스스로 즐겼다는 것입니다.

지난가을엔 마른 국화꽃 한 다발쯤 내 방에 마련해두고 싶었는데 국화 향은 얼마나 깊이깊이 마음에 새겨지는 것인지요. 가을꽃이라 유난히 그런지도 모릅니다. 또 한 해를 살았군요, 하고 옆구리를 찌르는 듯한 향기입니다. 그 향기

는 지난 한 해는 어떠했습니까, 얼마나 향기로웠나요 하고
묻는 것만 같습니다. 화려하지 않고 그만저만한 모양과 향
으로 깊은 숨을 쉬게 하는 그 꽃을 한 다발 벽에 걸어두고
겨우내 내 삶과도 견주며 즐기고 싶었으나 그만 때를 놓치
고 말았습니다. 또한 당신에게도 그렇게 해보라 권해보고
도 싶었는데.

　당신 방의 바람벽이 궁금합니다. 예전 그대로인가요. 작
은 창 옆의 미술책에서 오려낸 박수근 그림은 아직 그대로
걸려 있나요. 혹 이번 겨울나기는 좀 색다른 무엇이 있나
요? 지금은 바람 소리들이 걸려 있겠군요. 이곳도 이렇게
바람들이 부니 그곳인들 이 바람의 계절에서 빗겨 있겠어
요? 혹 누워서 백석白石이 그러했던 것처럼 보고 싶은 이들
을 활동사진처럼 돌려가며 바람벽에 비춰보고 있지나 않는
지 모르겠군요.

창에 넘치는 달

감나무가 서 있는 밑자리를 파서
마당귀의 수북한 감잎들을 묻었습니다.
어느덧 다 가버린 가을을 묻듯.
밤이 내려 망연히 창변에 앉아 있는데 와─
대단한 달이 창이 넘치게 떠오르는 것이었습니다.
참으로 달을 본 지 오래입니다.
언제 저만하지 않았던가요.
숨을 죽이고 바라보았습니다.
저 달의 한자리를 터서
당신의 손을 붙잡고 들어서고 싶었습니다.
두근두근 떠오르는 달입니다.

보니 보입니다.
모든 것은 보면 보입니다.

새벽 물소리

어느덧 새벽녘입니다.

언젠가 동해 낙산사 의상대에 앉아서 새벽을 맞은 적이 있습니다. 딱히 어디서부터라고 할 수 없이 차분하게 누리가 밝아지면서 바다에서는 수런대는 소리가 들리는 듯했습니다. 그 소리는 점점 속도가 빨라지고 넓어지면서 마치 첫아이를 받는 날의 종갓집 분위기처럼 어딘지 들떠 있으면서도 서로들 조심하는 듯한 미묘한 설렘의 그것으로 느껴지기도 했습니다. 바닷빛이 마침내 새파랗게 떠오르기 시작하고 고깃배들이 하나씩 둘씩 망망한 바다 위를 지나가는 모습이 보이기 시작했습니다. 사람들이 많이 모이기 시작하고 주위가 소란스럽게 되어 곧 자리를 떴습니다.

하지만 망망 바다를 건너가는 배 뒤에 남는 자국이 불에 덴 흉터처럼 물 위에서 쉽게 지워지지 않던 모습이 오래도록 뇌리에 남아 있었습니다. 당신이 내 마음 위를 지날 때 혹 그런 자국으로 남는 것은 아닐까요. 왜 문득 이 새벽에 그 물 위의 흉터 자국 생각이 났을까요. 새벽 찬기운이 몸에 느껴집니다.

새벽까지 자지 않고 밝아 있으면 특별한 까닭도 없이 내 몸이 안쓰럽다는 생각이 들어 내 몸을 내가 가만가만 만져보기도 한답니다. 참 고생 많다는 뜻일까요? 그럴 때마다 내 몸은 좀 작아진 느낌입니다. 게다가 여기저기 만져지는 뼈마디들이 헐거워진 것도 같구요. 그래도 이렇게 살아 있긴 하구나 하며 두 손은 서로의 손목을 어루만져주기도 한

답니다. 내 몸도 지금 시간이라는 수면 위에서 낙산사 앞의
새벽 바다를 떠가던 그 배처럼 찬바람을 안고는 어딘가를
향해 떠가고 있는 중이겠지요.

당신도 그러합니다. 당신도 그 세월의 너울 위에서 고스
란히 흘러가고 있는 중입니다. 목에 주름이 잡히고 손등은
더 앙상해지겠지요. 그 세월의 하구河口를 다 빠져나가기 전
에 당신을 몇 번이나 더 만날 수 있을까요. 당신도 그런 생
각을 해본 적이 있는지요. 그 시간의 사이사이를 무엇이라
고 부를 수 있을지요. '사무침'이라고 불러야 할까요? 꼭 그
리워서만이 아니라 무엇으로도 그 여울을 메울 수 없을 것
같은 생각으로 그런 말이 떠오릅니다. 사무침이란 말 말입
니다. 그런 생각을 하고 나니 문득 주위의 하찮은 사물들도
다 사무침의 표정이 되고 말았습니다.

지금도 가끔 새벽 강에 나가는지요. 강에서 피어오르는
새벽안개도 한참씩 바라보다 오는지요. 언젠가 당신이 새벽
강에 나갔었다는 얘기를 들었던 것도 같습니다. 새벽의 물
소리가 안개 저편으로 흘러들어가는 것이 마치 오래 그리워
한 누군가의 가슴속으로 무엇인가를 하염없이 실어보내는
것 같았다는 얘기도 했었습니다. 그 얘기를 듣고 저도 언젠
가는 남몰래 새벽 강이나 바다에 나가 물소리들을 들어보고
싶었습니다. 아무도 없는 새벽녘의 그 한적함 속에 한참을
앉아서 그 소리들을 마음에 차곡차곡 쌓아두리라 마음먹었
습니다. 어떤 사무침의 마음이 될 때 당신 가슴속으로 흘려

보낼 양식들로 쌓아둘 참이었습니다.

　어디서부터인가 물소리들이 문득 내가 앉아 있는 자리가 무슨 여울인 듯 졸졸거리며 내려오는 듯싶습니다. 물소리들이 하얗게 세었습니다. 벌써 동쪽 창문이 훤합니다.

별까지 가는 배

해마다 맞는 봄인데도 들판가에 서 있는 나무들에서 꽃이 피기 시작하면 마치 이 세상에 와서 처음 보는 것인 양 새삼스러운 경이로움에 사로잡히지 않을 도리가 없습니다. 가령 꽃이 만발한 살구나무 아래라도 지날라치면 가슴이 그 살구나무만큼 커져서는 터질 것만 같습니다. 좀 과장이지만 그렇게밖에 달리 말하고 싶지 않군요. 그렇게 한순간 덧난 가슴은, 그러나 시간의 힘으로 곱게 치유될 수 있겠지요. 애초에 아픈 상처가 아니므로 그 흉터마저 감미로울 것입니다.

한두 번의 빗발이 지나고 나면 꽃은 지고 그 꽃자리에 조금씩 녹음이 짙어지기 시작합니다. 그것은 마치 조용한 밀물과도 같습니다. 그 밀물을 타고 여읜 당신을 실은 배 한 척이 들어오고 있었습니다. 아마도 작년 초여름이었을 것입니다.

무언가 내 생에서 한 번쯤 마디를 지어야 할 듯싶었습니다. 왜 사람에게는 삶을 좀 바꿔보고 싶다는 생각이 날 때가 있지 않은가요. '이게 아닌데, 이게 아닌데'라는, 스스로에 대한 의구심 말입니다. 좀 거창한 이야기가 되고 말았습니다만 그건 내가 삶을 수용하는 방식의 문제이기도 했습니다.

그러던 차에 어느 집 마당가에 앉아 있을 때였습니다. 저물녘이었지요. 마당가 우거진 숲에 제일 먼저 어둠이 깃들고 있었어요. 그것은 나를 태우러 온 배船와도 같았습니다. 문득 나는 내가 지금 배를 매고 있는 사람이라는 생각이 들

었습니다. 사람의 일생은 흔히 '사계四季'로 비유되기도 하지
요. 나는 지금 내 생의 어디쯤 와 있는가. 녹음 가득한 배가
내 앞에 있었습니다. 시간이라는 심연의 배.

마당에
녹음 가득한
배를 매다

마당 밖으로 가는 징검다리
끝에
몇 포기 저녁별
연필 깎는 소리처럼
떠서

이 세상에 온 모든 생들
측은히 내려보는 그 노래를
마당가의 풀들과 나와는 지금
가슴속에 쌓고 있는가

밧줄 당겼다 놓았다 하는
영혼
혹은,
갈증

배를 풀어 쏟아지는 푸른 눈발 속을 떠갈 날이
곧 오리라

오, 사랑해야 하리
이 세상의 모든 뒷모습들
뒷모습들

배를 타고 저 마당 끝쯤에 떠 있는 별에게까지 가는 것이
우리들의 생인지도 모릅니다. 그 도정의 풍경을 우리는 어
떻게 그려볼 수 있을까요. 그것은 일종의 갈증이겠지요. 그
갈증 때문에 시를 쓰거나 혹은 선禪에 들거나 하는 게 아닌
가요. 배는 울렁이며 아직 마당가에 매여 있습니다.

푸른 이마

이마의 머리카락을 건드리며 바람이 지나가고 머리카락이 눈썹을 건드립니다. 언제 머리를 잘랐더라 생각하게 됩니다. 어느 순간 머리카락이 막 눈썹을 건드리기 시작합니다. 시간이 그만큼 지나갔음을 압니다. 그리고 소년처럼 즐거움을 느낍니다. 어떤 때는 입으로 훅 불어서 머리카락을 날리는 불량스러운 모양도 흉내냅니다. 그렇게 얼마쯤은 이마를 흔들면서 그 느낌을 즐기기도 하다가 그 느낌까지 시들해지면 머리를 자르러 가게 됩니다. 자른 머리가 자라나 눈썹을 건드리는 그 시간의 흐름만큼 자연스레, 그리고 그 머리카락이 눈썹을 간지럽히는 불편한 즐거움만큼 당신은 있는 듯 없는 듯합니다. 당신은 이제 그만큼 내 일상이 되어 있습니다.

마른 메아리

빈 물병을 들고 가까운 산기슭을 찾아갑니다. 숲은 아직 비었습니다. 앙상한 활엽수 가지들 사이로 바람들 스치는 소리가 한꺼번에 쏟아져내리기도 합니다. 그러나 이제는 벌써 한겨울의 차디찬 바람은 아닌 듯합니다. 목 언저리 끝까지 여몄던 새끼 단추 하나 정도는 풀 수 있을 듯한 훈기가 있습니다.

천천히 걸으면서 바라보면 바람들도 다 제 길이 있어서 일정한 간격으로 가느다란 나뭇가지들을 흔들며 지나가는 것이 있는가 하면 휘몰아쳐서 온 숲을 흔드는 것이 있습니다. 그렇긴 해도 다 일정한 리듬이 느껴집니다. 아주 짧은 시간만으로는 모르겠지만 한아름쯤 되는 시간을 채집해 펼쳐보면 다 골고루 질서가 나이테처럼 박혀 있습니다. 당신과 나는 이 세상의 인연의 질서 중에 어디어디쯤에 서로 앉아 있는지 얼만큼의 간격을 두고 있는 것인지.

약수터에 이르렀습니다. 수질검사 표지판도 다 낡아져 빛이 바랬습니다. 물을 받는 쪽으로 갑니다. 아직은 모두 얼어붙어 있을지도 모르겠다고 생각했는데 들여다보니 벌써 속에서는 얼음이 조금씩 풀리기 시작했습니다. 긴 겨울 가뭄 때문에 더욱 그렇겠지만 얼음장 틈에서 쫄쫄거리는 물줄기가 너무나 미약해 가엾기까지 합니다. 그 가여움을 물병에 받아놓고는 숲으로 들어가봅니다.

실로 오랜만에 들어와보는 숲속입니다. 비록 늦은 겨울날의 헐벗은 숲이지만 발밑에서 바스락대는 발소리는 너무

나도 정겹고 또 애잔합니다. 이럴 때 나는 어린아이처럼 가랑잎이 수북한 데만 골라 발걸음을 옮깁니다. 무슨 어원학자라도 되는 듯이 귀를 세우고 그 가랑잎 바삭이는 소리들을 듣습니다. 책장을 넘기듯 하나하나 가슴속에 접혀 채워지는 것 같습니다.

가랑잎 밟는 소리들을 나는 어떤 나라 백성들의 말이었을 것이라고 생각하고 싶어집니다. 그럴지도 모릅니다. 이보다 더 아름다운 음악이 있을까요? 지금은 사라진 어느 왕국의 말, 음악이라고 믿습니다. 우리가 오래전에 잃어버린…… 당신과 내가 그리워도 쉽게 만날 수 없는 것이 어쩌면 이미 다시는 그 나라 백성이 될 수 없기 때문은 아닐까요.

곧 봄이 와 이 나무들에도 나뭇잎이 돋게 되면 지금은 떠나고 없는 메아리들도 돌아오겠지요. 그러고 보니 내가 지금 내 가슴에 채곡채곡 채우고 있는 이 소리들이 마른 메아리들이었습니다. 지난해 이 숲에 깃들었던…… 메아리들이 돌아올 즈음 당신을 찾아가겠어요. 무작정 기차라도 타고 보겠어요. 그때는 꼭 당신을 만나겠어요. 이 마른 메아리들을 내보이겠어요.

종일 숲을 서성이다보니 가슴속은 어느덧 작은 골짜기가 된 듯 그윽해졌습니다.

2
두 겹의 고독

어머니에게 가는 길

한겨울 고구마를 삶아 지게 끝에 매달고 산길을 걸어올라
간다. 그것은 어머니의 점심이다. 퍼런 김치 한 보시기도 함
께다. 산꼭대기에 우리 산이 있다. 꼭대기니까 다른 산마루
너머 바다까지도 보인다. 그것도, 바다뿐이지만 참 넓은 세
계였다. 다른 세상처럼 보였으니 말이다. 거기 떠 있는 몇
척의 배들이 다 다른 나라의 배들 같았다. 낯설고 또 그만
큼 마음 설레게 했다.

청머루가 우거진 길목을 헤쳐 우리 산에 닿는 샛길로 접어
든다. 우리 산에 닿았지만 한참을 더 들어가도 어머니가 없
다. 듬성듬성 얼어붙은 잔설들을 밟으며 솔바람 소리가 파
도처럼 일렁이는 곳까지 더 들어가야 어머니의 소리가 들린
다. 어머니의 소리란 어머니의 갈퀴질 소리다. 아니면 딱,
딱 솔가지를 쳐내는 낫질 소리이기도 하다. 솔바람 속에서
스륵스륵, 드득드득 섞여 들려오는 어머니 소리 쪽으로 반
가운 마음에 다가간다. 내 발소리도 거기에 섞인다. 저만큼
쯤에 내가 오는 줄도 모르고 어머니가 잔뜩 허리를 구부리
고는 가랑잎들을 긁고 있다. 빛바랜 해진 수건을 머리에 둘
러썼다. 박수근 그림에 나오는 그 수건. 온통 마음에 젖어오
는 그 풍경을 뭐라 말할 수 없다.

소나무는 가꾸어 세우느라고 곁가지들만 쳐서는 가랑잎
들을 묶는 받침으로 쓴다. 그 소나무들이 지금 십 수 년이
지났으니 무성하게 자랐을 것이다. 몇 대가 지나면 꼭 우리
집의 후손은 아니더라도 누군가의 집을 짓는 재목으로 쓰일

지도 모르겠다. 그렇게 하라고 가꾸는 것이겠지.

새파랗게·언 얼굴로 어머니는 수건을 푼 다음 어깨며 허리에 붙은 솔가루들을 탁탁 털고는 고구마를 드시고 김치를 드신다. 별말씀도 없다. 나는 한쪽에 앉아 있다가 관술이나 한둘 돌멩이로 두드려 깨보는 것이 고작이다. 아니면 다시 산등성이로 올라가 바위에 앉아 나뭇가지 사이로 마을을 내려다본다. 저건 누구네 집이고 저기 가는 것은 누구일 것이고 짐작하며 무슨 생각을 했던지……

저녁이 다 늦어야 커다란 나뭇동을 이고 비탈길을 허청허청 내려오신다. 몇 번을 그렇게 그 어둑어둑한 비탈길을 오르락내리락해야 한다. 나는 그저 그 나뭇동 아래에서 어머니의 옷자락이나 잡고 따를 수밖에 없다. 그렇게 집에 오시는 어머니는 그날 밤하늘에 뜬 별 모두를 머리에 이고 오는 듯하다.

고된 슬픔이 찬란하다. 가슴이 다 찬란하다.

그 어둑어둑한 가운데의 하얀 산길이 지금도 저녁이면 내 눈에 나타나곤 한다. 산을 내려오는 산길이 지금도 내 가슴에 내려와 닿을 때가 있다. 그러면 나는 하는 수 없이 먼·데를 본다. 먼 데를 보는 수밖에 달리 방법이 없다. 어스름이 되는 가슴을 무슨 지붕이라도 해서 덮어놓고 싶다.

그 운명이 너무나 너무나 서글프다.

중세

우리가 아직 어렸던,
30여 년 전만 해도 중세中世였습니다.
식구도 많았습니다.
새들까지도 다 식구였습니다.

그때만 해도 다 같이 살았습니다.
다 같이.

다 다르게 다 같이 살았습니다.
지금은 다 같게
'나'만 살고 있습니다.

전설

살구나무가 세 그루였다.

한 그루는 알이 굵고 맛이 좋은 것이었고 두 그루는 개살구였다. 살구가 익을 때는 장마가 오는 적이 많았다. 비바람이 불고 나면 대숲에 살구가 떨어져 대나무 가지에 걸려 있기도 했다. 그걸 주워다가 아직 덜 익은 신 것은 바구니에 담아두고 익은 것은 그 짙은 향내를 맡으면서 먹었다. 이웃집에서 아이를 낳았나 보기 위해 올라가던 나무였다. 그런 어느 날 그 집 사립문에 금줄이 쳐져 있었다. 아들이었다.

복숭아나무가 두 그루였다.

다 개복숭아였다. 그래도 그 꽃은 가슴이 얼얼하도록 이뻤다. 그중 한 그루 아래에는 맑은 물이 솟는 개울이 있었다. 노란 꾀꼬리 소리가 자욱한 봄날 그 개울가에서 종일 발목을 담그고 복사꽃잎들과 놀던 때가 있었다. 진물이 흐르는 엄지 손마디만한 열매들을 따먹었다.

마당 앞에 감나무가 한 주 커다랗게 서서 여름이면 그늘을 뿌렸다. 한 해 많이 열리면 다음해에는 잘 열리지 않았다. 나는 뵙지 못한 할아버지께서 왜정 때인가 감을 사 드시고 감이 너무 좋아 남은 씨를 묻은 거라고 했다. 그러니까 감나무는 할아버지 입에 들어갔다 나온 나무이다. 간혹 풋감이 떨어져 그 아래 돼지 막의 돼지 잠을 깨우기도 했다. 감꽃이 뽀얗게 내려앉은 아침, 그 마당귀에서 대야의, 아직은 찬물 앞에 망설이며 세수를 하던 때가 있었다. 물을 버리는 쪽에 무궁화나무가, 있기 싫은 표정으로 서 있었다.

배나무가 한 그루였다.

한창 무성할 때는 지붕의 반을 덮었다. 열매도 곧잘 열렸는데 어머니께서 우리 형제 중 누군가를 가졌을 때 잡숫게 되었는데 그만 부정을 타서는 그다음 해부터는 배가 잘 열리지도 않고 돌배가 되었다고 한다. 배나무 밑에는 덜 여문 으름 같은 거나 밤을 묻어두는, 삼태기만한 구덩이가 있었다. 배나무 밑에서는 건너 산마루가 잘 보였다. 한여름엔 돌배를 깎아 씹으면서 그 산마루를 바라보았다. 그 비탈에 양딸기 몇 포기와 앵두나무가 있었다.

앵두나무는 새끼 나무도 한 그루 거느리고 있었는데 비둘기 발 같기도 한 약간 붉은빛이 도는 가지 끝에 흰 꽃이 피고 곧 파랗게 수수 알만한 열매가 열렸는데 배나무 그늘 때문에 탐스럽지는 않았다. 양딸기를 남보다 먼저 따먹기 위해 부지런히 굴뚝을 넘나들었다.

측백나무가 두 그루였다.

측백나무와 연계되어 참대밭이었다. 그곳에 바람 소리들이 많이 살았다. 고요한 밤에는 밤물결 소리들도 몰려와 참대밭 아래 장독대의 빈 항아리 하나씩을 차지하여 살았다.

샘이 있었고 샘은 우리집과 이도렛집과 아랫집이 먹었다. 샘 위에 내가 동네의 큰 연못가에서 꺾어온 버드나무 가지를 할머니가 꽂아 몇 년 만에 커다래진 버드나무가 있었고 그 샘 옆에는 어느 핸가 아버지가 옮겨 심은 사철나무가 자랐다. 샘 위에 뽕나무가 한 그루 있었는데 어느 겨울, 산에

서 귀신불이 내려와 머물다 올라갔다는 나무이다. 샘 아래
에 어머니가 봄만 되면 모종하는 개나리가 울창했다. 우리
아이들이 생길 때도 이 샘가의 나무들에 꽃이 만발하고 열
매 맺는 꿈을 꾸었다. 살구꽃이 피고 얼마 지나면 복숭아꽃
이 피고 또 배꽃이 피고 이어 앵두꽃이 피고…… 바다가 바
라보이는 집이었다. 가끔 바다도 꽃피었다.

토방 세 칸.

부엌간에서는 감자를 삶을 때가 많았다.

부엌 뒤편에 오동나무가 한 그루 보랏빛 꽃들을 무성히
달고 서 있었다. 그 옆에 두 아름이 넘는 시우나무가 한 주
서 있었다. 감자를 삶을 때면 그 나무에 무슨 샌가가 와서
울었다.

토방 세 칸.

그중 한 칸에 지금도 나는 가끔 잠들어 있다.

전설처럼.

곧 꽃들이 피겠지.

한 가지 꽃이 피고 다른 한 가지 꽃이 피는 사이로 길이 하
나 보인다. 그 길을 걷고 싶다.

그 길로 닿고 싶은 데가 있었다.

곧 꽃 시절이 오겠지.

물의 정거장

　아파트 뒤뜰에 가보았더니 접시꽃들이 색색이 피어 제법 번성한 일가를 이루고 있다. 그 옆으로 살구나무가 한 주 서 있는데 풋것들이 주렁주렁 열려 있어 보기만 해도 군침이 돈다. 어릴 적 깨물어본 기억 때문이다. 더불어 나는 풋살구를 바라보면서 첫아이를 가진 새댁의 모습을 떠올리게 된다. 옛부터 우리 어머니들은 첫아이를 가지면 왜 살구가 먹고 싶다고 했을까. 참 알 수 없는 일이다. 여하튼 나는 새파란 풋살구의 벨벳 천처럼 매끄럽고 부드러운 표면에 막 돋는 흰 이를 살짝 드러내며 웃는 아기의 밝은 얼굴을 떠올려보게 된다. 풋살구 속에 오버랩되는 아기의 얼굴. 천국이 있다면 그런 표정으로 존재하고 있지 않을까.

　조금 더 걸음을 옮기니 이번에는 커다란 이파리들을 드리우고 서 있는 오동나무와 만난다. 솥뚜껑만한 오동나무 잎사귀들 사이로 어른대는 햇살들은 녹색 잉크물이 감미롭게 돌고 있는 듯하다. 그러한 햇살들 틈으로 내가 살던 옛집이며 뜰 앞에 섰던 오동나무 생각이 난다. 저녁이면 나는 미지근하게 열기가 남아 있는 장독대의 시멘트 바닥에 올라가 앉아 그 커다란 오동잎들과 무수한 말들을 나누었던 듯싶다. 그중에는 내가 자란 바닷가 마을의 찬란한 해변에 대한 그리움들이 가장 많았을 듯싶다. 그 어린 나이였음에도 나는 왜 그 해변이 그렇게 그리웠는지 모른다.

　황해 먼 바다에 있는 섬 덕적도 서포리.

내 잔뼈가 굵어진 고향의 이름이다. 거기에는 널따란 백사장이 있다. 그쪽에서는 그래도 이름난 피서지여서 여름이면 해변가에 많은 알록달록한 천막이 들어서는 곳이다. 그 여러 가지 빛깔들이 좋아서 나는 초여름만 되면 마음이 설레곤 했다. 그러나 그 해변, 해당화가 즐비하게 피어나던 그 해변이 내게 준 것이 있다면 그것은 다른 무엇보다 영혼에 관한 어떤 암시일 것이다. 그곳이 단순히 해수욕을 하고, 더위를 식히고, 유흥에 들뜨는 그러한 곳 이상의 어떤 신비스러운 한 장소로 내 마음에 자리잡고 있다는 것을 깨닫기까지는 많은 시간이 지난 후였다.

그곳을 떠나고 조금씩 그곳이 그리워지기 시작하면서 나는 내 마음속에 그 서포리 해변을 수없이 그려내고 있었다. 그러고는 그 위에 물결 소리들을 풀어놓곤 했다. 천천히 들고 나는 밀물이며 썰물. 썰물이 남긴 흔적들. 단 한순간도 쉬지 않는 파도의 리드미컬한 움직임과 바닷가에 둥지를 트는 새까만 바닷새의 처량한 울음소리들. 그러한 내 마음의 풍경 속에서 나는 아무런 동행도 없이 혼자 유유히 걸음을 옮겨다니고 있었던 것이다. 태풍이 불어닥치면 해안선의 바위들을 들이받는 파도들의 성난 포말은 실로 엄청난 공포로 다가오기도 했었다. 그렇듯 내 유년을 빙 두르고 있는 해안선의 모습을 하염없이 떠올리면서 나는 무언가 새로운 어떤 세계를 발견해내지 않으면 안 될 것 같은 암시에 시달리곤 했던 것이다.

어느 여름 저녁 나는 여느 때처럼 장독대에 쪼그리고 앉
아 있었다. 역시 곁에서 오동나무는 수런거리고 있었다. 무
심결에 하늘을 올려다보았는데 하늘의 골짜기로 돛배처럼
조용히 조각달이 떠가고 있었다. 그 순간에도 나는 내 어린
날의 해안선을 마음속에 그리고 있었던 터여서 자연스럽게
그 조각달을 내 마음의 해변 위에 띄워놓곤 했다. 그러면 여
지없이 그곳 해변은 내게 신비한 곳으로 비치기 시작하는
것이었다. 달을 보고 할머니는 '오늘이 몇 물인가' 가늠해보
곤 했다. 달이 차고 기우는 것에 따라서 썰물과 밀물의 간극
이 커지기도 하고 작아지기도 했고 또 그 시간대가 달라지
는 것이었다. 나는 자연스럽게 물이 차고 빠지는 일은 달이
하는 마술이라는 생각을 했다. 물이 빠져나간 긴 해안을 참
방거리면서 걷고 있으면 마치 내가 지금 달의 길을 걷고 있
구나 하는 생각도 하게 되었다. 그러고 보면 이미 내 발길은
우주로 연결된 실밥 하나를 밟고 있는 것이었다. 은밀한 즐
거움이었다. 우리가 모르는 어떤 세계가 확실히 있다는 사
실의 확인이었다.

이 보이는 세계가 몸이라면 보이지 않는 그 세계는 영혼의
세계일 터이다. 뭍이 몸이라면 바다는 영혼인 것이다. 뭍이
라는 악기를 연주하는 바다의 긴 손가락들을 나는 차츰 발
견하게 되었다. 해변에 그 건반이 있었다.

올여름에는 꼭 그 밤바다에 나가 바다라는 영혼의 변주곡
들을 내면의 귀를 커다랗게 세우고 마음으로 녹음해올 참이

다. 바다는 긴 손가락들로 눈에 보이는 이 세계만이 우리 삶의 전부가 아니라고 내게 음악처럼 말해줄 것이다. 그 바다는 반드시 내가 늘 그리워하는 서포리 해변일 필요는 없으리라. 바다와 뭍이 만나는 해변의 신비가 왜 거기에만 있겠는가. 고요한 밤바다에 오래도록 앉아 있노라면 바다로부터 들려오는 파도 소리 속에 어떤 생의 비밀스러움을 가르쳐주는 말소리가 섞여 있을지 모른다. 우리는 그것을 영혼의 소리라고 부를 수 있으리라.

  불현듯 나는 오동나무의 푸르스름한 그늘이 잔물결 소리가 되어 내게 밀려오는 환幻에서 빠져나온다. 오늘 같은 날은 드뷔시를 듣기에 좋은 날이다.

별을 노래하는 마음

  몇 년 전이다.

  프레스센터 뒤편의 어느 낡은 빌딩에 볼일이 생겨 드나드
는 일이 잦았었다. 어느 날 나는 화장실에 갔다가 창문 밖
천길 낭떠러지 아래를 내다보게 되었는데 놀랍게도 그곳에
는 낡은 한옥 한 채가 갇혀 있는 것이었다. 갇혀 있다고밖에
할 수 없는 것이 사방으로, 내가 있던 그 빌딩보다도 훨씬
높이 솟은 빌딩들이 무슨 불량배처럼 버티고 서 있었던 것
이다. 흥미로워 자세히 내려다보았더니 아니나 다를까 고집
이 세지 않으려야 않을 수 없는 인상의 중늙은이가 개에게
밥을 주고 있었다. 모르긴 해도 누대를 살아온 '문안 사람'
의 자부심과 고집이 그 빌딩들의 포위에 아랑곳없이, 또 돈
과도 아랑곳없이 그 집을 지키게 했을 것이다.

  배추밭가에 나가면 배춧속이 여무는 소리가 소란스레 들
릴 듯한 가을 저녁에 사실 그 빌딩 안에 갇혀 있던 집을 생
각하는 것은 가슴 답답한 일이었다. 또한 그 집의 외면상의
불행에 대해서 생각하는 것은 더더욱 가슴 답답한 일이다.
그것은 다름아니라 초저녁 처마에 매달리는 별들을 툇마루
끝이나 바깥방에 앉아 내다볼 수 없는 불행이라고 생각하
기 때문이다.

  저녁이면 놀던 아이들과 헤어져 집으로 가게 마련이었
다. 밭고랑마다 짙은 먹물을 갈아 부어놓은 것같이 침침해
지고 빈 수숫대만 바람에 수런대고 있는 길이었다. 그 오
솔길들은 고요하기 이를 데 없어서 내가 걷는 발걸음 소리

며 숨소리도 내 귀에 되들려왔다. 집에 다 왔는데 아무 기
척이 없으면 내가 제일 먼저 확인하는 일은 여닫이의 사랑
방 문을 드르륵 열고 아랫목을 손바닥으로 만져보는 일이
었다. 만약 그 아랫목의 장판이 차디차면 아직 집에 아무도
없는 것이었다. 낭패였다. 한꺼번에 쓰디쓴 신물처럼 외로
움이 밀려왔다. 그렇다고 다시 놀던 자리로 돌아갈 수 있는
것도 아니었다. 이미 그곳엔 텅 빈 공허만이 메아리처럼 기
다리고 있을 것이기 때문이다. 다행히도 사람 기척은 없어
도 아랫목이 따뜻한 경우라면 할머니나 어머니가 군불을 지
펴놓고 잠시 집을 비운 것이므로 들어가 기다리면 되는 것
이었다. 차디찬 방으로 들어가 누우면 멀미가 나게 외로웠
다. 웅크리고 누워 현기증에 시달리다보면 어느새 잠이 들
어 있기도 했다.

  그러나 그 잠도 오지 않으면 나는 밖을 내다보기 위해서
문살의 한쪽 모서리에 낸 유리를 통해서 처마 끝에 하나씩
돋기 시작하는 초저녁 별들을 바라보곤 했다. 소쩍새들이
소란한 저녁이었다. 그 별들의 파르스름한 떨림들을 헤다보
면 저녁은 어느덧 짙어지고 어느 날은 밤이 다 되어서야 밭
에서, 혹은 산에서 어머니, 할머니가 집으로 돌아왔다. 어머
니는 나뭇동을 내리고 머릿수건에 묻은 검부라기를 털고 늦
은 저녁을 짓기 위해 다시 물동이를 이고 우물로 갔다. 할머
니는 호미를 씻어 헛간에 꽂고 군불을 넣었다.

  모두들 말이 없었다. 나중에야 든 생각이지만, 그 두 분

이 아궁이에다가 지핀 것은 사는 것의 적적함 같은 게 아니었을까. 나는 그 두 군데의 아궁이에서 어둠 속으로 번져나오는 어른거리는 빛들을 번갈아가며 말없이 바라보았었다.

산길을 걸으며

실로 오랜만에 산길을 걷게 되었다.

옛날 같지 않고 요즈음은 산에 그리 큰 볼일들이 없으므로 산길은 거의 잊혀가는 기억의 줄기처럼 어렴풋하게 남아 있다. 웃자란 풀들이 발목 위의 맨살을 쓸어내는 바람에 생살에 생채기가 생기기도 한다. 그래도 하도 오랜만에 걷는 즐거움에 생채기는 아프다기보다는 즐거움으로 느껴질 정도이니 내가 이 산길을 걸어보는 심사도 예사롭지만은 않은 모양이다.

내가 어렸을 적만 해도 산길이란 그리 험한 곳이 아니었다. 물론 그때나 지금이나 유명 산의 등산로는 번화한(?) 모습이지만 아무리 외진 동네의 산길이라고 하더라도 이렇듯 험하게 방치된 모습은 아니었다. 다른 동네에 볼일이 있을 때도 지름길로 가자면 산길을 걷는 경우가 많았고 생필품인 땔나무를 하기 위해서도 지겹도록 산길을 걸어야 하지 않았던가. 어디 그뿐인가. 철따라 산나물을 하러 다녀야 했고 산열매들도 따러 다니는 그야말로 일상 속의 길이었는데 지금 새삼 이렇게 험한 산길을 이런저런 기억을 뒤적이며 걷자니 무슨 모험을 감행하는 소년의 심사가 되어 있다. 그렇게 얼마쯤 올라왔을까.

갑자기 어디서 '푸드더더덕' 하는 소리가 나고 잿빛 새가 날아가는 모습이 보였다. 날갯짓 소리가 굉장히 거칠고 싱싱했던 것으로 보아 예사로운 놈은 아닌 듯했다. 깜짝 놀라긴 했어도 소리가 아주 즐거웠다. 소리가 난 방향으로 조금

다가가보니 거기에 물이 가득찬 조그만 연못이 있었다. 아무도 없는 이곳에서 한가로이 지내면서 통통하게 살이 올랐을 산오리가 분명했다.

산오리가 그곳에서 한가롭게 놀다가 낯선 사람을 발견하고는 놀라 날아올랐던 것이다. 전혀 예상하지 못한 곳에서 만난 맑은 연못의 수면에는 녹음이 가득한 가운데 하늘빛이 겹치고 또 그 위에 구름들이 아무 악의 없는 건달들처럼 기웃거리며 지나가고 있었다. 얼마나 반갑고 정다운가. 아주 비밀스러운 곳에서 만나는 옛 애인처럼 나는 그 산오리가 반갑기 그지없었다. 나는 한참 그 연못을 바라보았다. 아무도 없는 그곳에서 산오리는 한가롭고 유연하게 물을 헤엄치며 놀고 있었을 것이다. 그 산오리는 그 많은 녹음이며 하늘빛의 수면을 제 한가로운 심사대로 조용조용히 흔들어대면서 그 모든 것과 호흡을 같이하고 있었을 것이다. 저 하늘 높은 곳의 구름의 호흡과 자신의 호흡이 무슨 이유 때문에 달랐으랴. 그 모습을 마음속으로 상상하면서 나는 어쩔 수 없이 여러 가지 보배로운 것들을 가슴속에 간직할 수밖에 없었다.

실로 오랜만에 산길을 걷다가 만난 연못은 그대로 내 마음속에도 연못을 만들었다. 그곳에 수시로 새들이 드나들고 또 바람결들이 드나들고 밤이면 저 우주의 광활한 빛들이 드나들 것이다. 나는 내내 그 연못 속에 내 모습을 띄우고는 여러 삶의 대화들을 나눌 수 있으리라. 그 산오리가 아

무도 없는 깊은 산속 자기만이 알고 있는 연못에서 홀로 있
었다고 외로웠을까? 전혀 그렇지 않았을 것이다. 그 연못에
노닐던 것이 어디 그 산오리 홀로였는가. 자연이란 그 외형
의 구별과는 상관없이 모두가 다 말이 통하는 것들이 아니
던가. 그 자연의 문법에 어긋나지 않는 삶이야말로 우리가
동경해 마지않는 성자들의 삶이 아닐까.

나는 다시 내 마음속의 깊은 골짝 연못을 들여다본다. 그
러나 아직은 그곳이 너무 멀리 있다. 만약 그리움이 모자라
는 것도 죄가 된다면 그런 연못을 간절히 그리워하지 않는
게 바로 죄가 되는 것이 아닐까 생각해본다.

우물과 낮달 사이

요즘은 그럴 기회가 거의 없지만 내가 어렸을 적만 해도 무지개가 심심찮게 마을 상공에 나타나 나를 설레게 하곤 했다. 마을 한쪽 산자락 위에 활처럼 둥글게 잠시 동안만 걸려 있는 그 무지개를 보면서 할머니는 우물 이야기를 했다. 무지개가 뜨면 꼭 그 동네의 한 우물 속에 그 모습이 깃들인다는 것이었다.

그때 우리집에도 우물이라고 부르기에는 뭣하지만 깊숙한 샘이 있어서 나는 무지개가 뜨면 재빨리 어떤 기대감에 들떠 거기에 가서 한참을 들여다보곤 했었다. 물론 그 샘물 속에 깃들인 무지개를 발견한 적은 한 번도 없었다. 그때 마다 나는 어떻게 무지개가 우물물 속에 깃들인다는 것일까 궁금한 마음을 되물을 생각은 하지 않고 속으로만 차곡차곡 쌓아두곤 했다.

시간이 지나고 학교에 들어가서도 내내 그 이치는 확인할 수 없었다. 그러나 굳이 과학적으로 부정할 만한 것은 아니라고 생각했다. 그럴 수 있다는 생각을, 미련을 버리고 싶지 않았다. 하늘에 무지개가 걸리면 어느 우물에든 그 모습이 보인다는 것이 그렇게 어색할 것도 없는 일 아닌가. 그래도 딱 한 우물에만 깃들인다고 하는 것은 예사로운 일만은 아니어서 점차 신비한 수정 같은 이야기가 되어 내 마음속에 내내 박혀 있었다.

철이 들고 난 후였다. 바슐라르의 책인가를 읽다가 "낮달은 하늘에 뚫린 구멍"이라는 구절을 발견하게 되었다. 그 구절은 순식간에 어린 시절 할머니로부터 들었던 무지개가 깃들이는 우물을 생각나게 만들었다. 그렇다면 우물은 땅의 구멍이다! 곧이어 나는 우물과 낮달이 서로 연결되어 있으리라는 상상을 하게 되었다.

말하자면 바늘에 실을 꿸 때 침을 발라 빳빳하게 만들어 구멍에 넣듯이 잘 구겨지지 않는 실 꾸러미를 우물 속에 한없이 집어넣으면 어느 순간엔가 낮달에서 그 실 끝이 스르르 흘러나올 것 같다는 상상이 나를 사로잡았던 것이다. 더불어서 나는 낮달 아래 서서 고개를 디밀고 풀려나오기 시작하는 실을 바라보면서 신기해하는 나 자신의 모습을 그려보기도 했고 또, 우물로 들어간 실 끝과 낮달에서 나온 실 끝을 서로 묶어 손잡이로 해서 이 지구를 들고 다니는 어느 거인을 상상해보기도 했다. 모두 부질없지만 즐겁고 들뜬 상상이 아닐 수 없었다. 그렇다면 무지개란 그 한 실 꾸러미쯤이 되는 것이 아닐까. 구약성서에서의 상징도 아름다운 것이었으나 나는 내가 만들어낸 상상이 더 즐거웠다.

어떤 연유에서든 나는 이후 시를 쓰는 사람이 되었다. 중세였다면 연금술사가 되고 싶었을지도 모른다. 그렇지 않다면 마술사라도 되고 싶었을 것이다. 그래도 시인은 초보적이지만 어느 정도는 마술사라고 생각했고 의미심장한 직업 같았다. 고은이 미당을 작은 정부라고 했을 때의 그 정신의 정부를 꿈꿀 수는 없지만 자그만 소읍으로는 또는 그 소읍의 실낱같은 오솔길 정도는 꿈꿀 수 있으리라는 생각을 했다.

그러나 생활은 거미줄처럼 나를 옭매려고 들었다. 물론 시를 쓰는 사람이라고 해서 일상에서 벗어나 이슬을 먹고 사는 사람으로 생각한 것은 아니었지만 좀처럼 그 일상에 적극적으로 대처하는 데는 힘이 달렸다. 일을 하다가 지치면 창가에 다가가 하염없이 예의 그 하늘의 구멍을 찾아보기도 했다. 때로 산에도 가고 잎이 넓은 나무 아래서 한참을 앉아 있어보기도 했다. 그것은 어딘가를 향해 문을 내고 싶다는, 구멍을 내고 싶다는, 숨통을 트고 싶다는 소망의 발로였다. 피아노를 사서 혼자 책을 사다가 더듬더듬 쳐보기도 하고 기계를 바꿔가며 음악을 듣기도 했다.

이곳 아닌 곳에 이르고 싶은 마음. 이곳은 갇힌 곳이라는 생각이 깊어질수록 그런 스스로에 대한 연민은 더 심해졌다. 그렇게 하여 나는 연못을 팔 생각을 했다.

나 스스로에 대한 연민은 어디에라도 연못을 파고 이 세상 바깥으로 가보고자 하는 것에서 위안을 찾아보고자 한 것이다. 그러나 그곳은 정작 이 세상 밖 어디일까.

연못을 파고 문을, 구멍을 내고 이 세상 바깥으로 나가고자 한 내 심정은 그러나 정작 내 속으로 향한 어떤 것임을 확인할 수밖에 없는 것인가. 언젠가 북한산 어느 산자락의 자그마한 암자에서 쉬다가 들은 풍경 소리를 내내 저승으로 가는 소리 내지는 막연하지만 이곳 아닌 저쪽 어딘가로 가는 소리로 나도 모르게 해석해내고 있었다. 그것은 연못물

에 비친 나 자신을 퍼서 어딘가로, 이 세상 바깥이 아닌(저
승 또한 이 세계 안에서의 장소가 아닌가) 이 세상 안에서의
차원이 다른 어떤 곳으로 끊임없이 이끌어주는 운명의 관자
놀이가 아닌가 상상했다.

어린 시절부터 모양을 달리하여 내 마음에 자리보전하고
있는 우물과 무지개와 하늘의 낮달은 이 세계를 하나로 연
결하는 통로다. 그리고 종국엔 그 자체가 되어 이 세계를 되
비쳐주는, 허공을 헤매던 정신이 육체에 내려와 그걸 데리
고 어딘가로 향하는 모습이 아닌지 모르겠다.

내 시란 연못을 파고 그 연못에 비친 자신의 모습을 퍼내
는 풍경 소리 같은 것이라고 보면 어떨지 모르겠다.

두 겹의 고독

기온이 내려가면서 창에 물방울이 맺혔다.

물방울은 다른 물방울들과의 사이에서 일종의 회고에 잠기는 것과도 같은 시간을 가진다. 그런 다음 점차 그 '시간'이 정해주는 방향을 따라서 움직이다가 마침내 결정적인 한 순간을 맞이한다. 뭔가 근원적인 까닭의 망설임의 표정이 한계에 다다르면 물방울은 다른 인근의 물방울과 참고 있던 강력한 성욕을 풀 때처럼 서로 껴안아서는 합일한다.

물방울과 물방울이 합쳐지는 모습을 유리창에서 관찰한다는 것은 대단히 쓸쓸한 일이다. 쓸쓸한 사람만이 볼 수 있는 무의미한 관람이다. 쓸쓸한 사람에게만 보여주는 시간의 춤이다. 오전의 성인극장의 분위기와도 같은 무엇이다. 물방울들의 그런 환락을 바라보는 일엔 많은 시간이 필요하다. 말이 그렇지 물방울과 물방울이 만나는 것을 보는 것은 웬만한 지구력이 아니고서는 쉽지 않다. 그 시간은 길이보다는 두께로 가늠할 때 더 적절한 성격을 가진 시간이다. 그 시간의 두께를 가르고 밖으로 나오는 일의 지난함. 창에 맺히는 물방울은 내게 어느 순간 두 겹의 고독으로 읽힌다.

내가 아는 과학적 상식으로 물방울은 서로 다른 두 기온이 만나는 현상이다. 그 과학적 현상은, 그곳은 일종의 광장廣場이다. 물방울과 물방울이 만나는 것은 그러므로 내게 어떤 감흥을 주지는 못한다. 나와 관계없는 '저편'의, 그냥 단지 물리적인 한 현상에 지나지 않는 것이다. 나는 그저 감각 없는 구경꾼일 뿐이다. 그렇게만 보이는 것이 한 겹의 고독이다. 나와의 관계가 너무나 미세해서 연결된 부분이 별로 없어 보이는 것. 그것을 의식하는 고독 말이다. 그리고…… 또 하나 내 육체의, 현존의 유리창에 묻어나는 물방울들. 그것이 남은 한 겹의 고독이다. 내 현존은 어떤 기온과 다른 어떤 기온이 만나는 광장인가.

"너는 장미꽃을 가졌는가."

"나는……"

과거는 고독이고 미래 또한 고독이다.

이 두 겹의 고독 사이에 물방울이 맺히게 되어 있다. 그것은 서로 온기가 다르다. 그것은 심정이 다르다. 내게 허락된 토지가 있다면 그것은 고독의 대지다. 나는 운명적으로 과거의 고독에게 문학을, 시를 양식으로 공급하게 되어 있다. 이혼한 남자가 헤어져 사는 자기의 아이들에게 보내는 보이지 않는 사랑과 같다. 양식은 쌀만이 있는 것은 아니다.

요즘은 골목길이라는 게 없어졌다. 보안등이 희미하게 어느 집 담장 위에서 바람에 흔들리고 있고 선거 벽보가 비바람에 빛이 바래 있고, 불량배들의 눈길이 있는 골목길을 빠져나올 때의 그 해방감 같은 것도 이제는 맛볼 수가 없다. 다른 말로 하면 이제는 추억이라는 것이 '총독'이 되어 있는, 마음의 식민지가 되어 있는 것이다. 무서운 이야기다.

갈증의 시간들

　노란 고무줄이 둘둘 감긴 트랜지스터라디오를 이쪽저쪽
으로 쥐어박으면 밤하늘에 반딧불이가 날아가듯 희미하게
전파가 잡혔다. 대북 방송이며 대남 방송이 더 잘 들리는 곳
이었다. 그래도 그 오죽잖은 것에서 음악이라는 것이 섞여
나오면 나는 귀를 세우고 듣곤 했다. 그 라디오는 꼭 담뱃갑
만한 것이어서 제 몸체보다 훨씬 큰 배터리에 묶인 모습이
그렇게 처량해 보일 수가 없었다.

　그 라디오가 고장나자 이번에는 사이클 줄이 끊어져 벽장
에 버려두었던 것을 꺼냈다. 좀 덩치가 큰 금성 라디오였다.
뒤판을 뜯어내고 사이클 다이얼로 움직이게 되어 있는 장치
를 손으로 직접 움직여가면서 전파를 맞추곤 하여 라디오를
들었다. 내장이 다 드러난 라디오를 흙벽에 기대놓고 그걸
다칠세라 조심조심 움직여가며 음악이며 연속극이며 들었
다. 1970년대 중반인데도 그랬다. 그만큼 벽지였고 그리고
우리집은 유난히 가난한 집이었다.

　그래도 그 기계에서 흐릿하게 흘러나오는 통기타 가요며
팝송 같은 것들을 귀에 익혔는데 잉글버트 험퍼딩크며 헬
렌 레디, 바비 빈튼, 비틀스, 해리 벨라폰테 같은 옛날 가수
들의 것이 기억에 많이 남는다. 반복해서 들을 만한 전축도
없었는데 그들의 노래 중에는 지금도 따라 부를 수 있는 것
이 몇몇 있으리라. 같은 세대들과 이야기해서는 전혀 소통
이 안 될 기억이다. 물론 중학생이 되고 고등학생이 되면서
는 차츰 우리 세대에 공유하는 노래들을 갖게 되었지만 나

만은 왠지 우리들보다 선배들의 팝 음악에도 자꾸만 귀가
쏠리는 것을 알 수 있었다. 집에는 여전히 라디오 수준의 기
계 이상은 없었다. 물론 돈이 없어서였다.

직장을 다니고 나서도 한참이 지나 벼르고 별러 나는 오
디오를 하나 장만해야겠다고 마음먹었다. 그동안 나는 음악
을 듣는 기계가 없다는 문화적 열등감에 얼마나 시달렸던
가. 가까운 사람들에게 자문을 구했다. 역시 예산은 부족했
지만 겨우겨우 맞추어나갔다. 오디오를 아는 친구와 세운
상가를 돌아 몇 덩어리를 사서 그 친구의 차로 내 자취방에
싣고 오던 때의 기분을 뭐라고 해야 할까. 물론 작은 스피
커만 빼면 모두 싸디싼 국산 엠프와 그 주변 기기들이었다.
그래도 나는 처음으로 소를 한 마리 들여놓은 농부의 심정
이 되어 있었다.

친구는 음반 회사에 다니던 차여서 오디오와 음악에는 전
문가였다. 나는 그 친구의 조언을 들어가며 음악이라는 드
넓은 초원으로 드디어 빰빠라밤— 빰빰빰 빠— 여행을 시작
하게 되었다. 선을 연결하고 전원을 넣으니 빨갛게 불이 들
어왔다. 내가 맨 먼저 음반을 넣고 음악을 틀어보고 싶었으
나 친구는 그런 것에는 아랑곳없이 자기가 가져온 음반 몇
개를 이것저것 넣어보면서 음향을 테스트했다. 내가 속으로
얼마나 지금 이 순간에 의미를 두고 싶어하는지 그 친구가
알 턱이 없었다.

맨 처음 틀었던 것. 물론 친구의 손에 의한 것이지만 그것

은 쳇 베이커였다. 쳇 베이커. 나는 평생 그를 잊지 못할 것이다. 처음 들을 때의 그 황홀함이란. 더군다나 내가 번 돈으로 내 100에 10만 원짜리 자취방에서. 이 세상에 나와서 최초로 오디오를 장만해 맨 처음 들은 음악을 어찌 잊을 수 있단 말인가. 그게 쳇 베이커의 마지막 유작 앨범이었다. 재킷에 소개된 그의 생애도 참으로 눈물겨운 것이었다. 불과 10여 년 전이었다.

나는 회사에 출근만 하고는 다시 집으로 돌아와 오디오를 켜고 쳇 베이커를 들었다. 기가 막혔다. 한 곡이 끝나면 나는 일어서서 방안을 서성거리며 심호흡을 했다. 누구에겐가 전화를 걸어서 '너도 내 기계와 똑같은 것을 사서 쳇 베이커를 들어봐 당장!' 이렇게 말하고 싶었다.

얼마가 지나고 나는 미샤 마이스키의 《메디테이션》이란 앨범을 사서는 생상의 '백조'라는 음악을 찾았다. 생상의 '백조'는 내가 이 세상에 와서 최초로 음악에도 감동이라는 것이 있다는 것을 느끼게 한 곡이었다. 중학교 2학년 때였다. 아침에 일어나면 맨 먼저 라디오를 켜는 것이 내 손의 습관이었다. 그때는 닐 다이아몬드라는 가수를 너무나 좋아하여, 내가 매일 듣는 아침 프로에서는 그의 유명한 노래 〈September Morning〉이라는 곡을 9월 1일이 되면 분명히 내보낼 것이라고 생각하며 깨자마자 스위치를 눌렀다. 아니나 다를까 그 곡이 반쯤 지나가고 있었다. 그 섭섭함이란. 그즈음의 어느 아침 나는 역시 그 에프엠 라디오에서 흘러

나오는 뭔가 황홀하고도 쓸쓸한 곡조에 귀를 빼앗겨버리고
말았다. 그 곡이 끝나고 나서 그 곡의 이름을 정신 차려 유
심히 들었다. 그것이 생상의 〈동물의 사육제〉 중의 '백조'였
다. 당시에 나는 폐쇄된 철도길을 걸어서 학교에 가곤 했는
데 그 철길을 걸으며 그 멜로디를 놓치지 않으려고 무척 애
쓰며 걸었던 기억이 난다.

　하교를 하면서 근처 악기점에 들러 첼로의 가격까지 물었
었다. 6만 원이었다는 사실도 잊히지 않는다. 6억짜리도 있
다는 사실은 그후에도 십몇 년이 지나서야 알았다. 예술고
등학교에 가면 그 첼로라는 것을 배울 수 있는 줄 알고 희망
고교 진학란 1지망에 예고를 썼었다. 참으로 순진하고도 무
지하던 때였다. 선생님이 어머니를 모시고 오라 했는데 어
머니가 다녀간 다음 날 가보니 인문계 고등학교로 바뀌어
있었다. 아무튼 그런 사연의 그 '백조'였으니 찾아보지 않을
수 없는 일 아닌가.

　그 며칠이 지나고 나는 호로비츠의 모스크바 공연 앨범을
구했다. 슈만의 〈트로이메라이Traumerei〉를 듣기 위해서였다.
역시 사연이 있었다. 고등학생 때인가 9시 뉴스에 그가 나왔
었다. 50년 만인가의 모스크바 귀국 공연. 그 노피아니스트
는 아무런 표정 없이 그저 묵묵히 〈트로이메라이〉를 연주하
는데 수많은 청중들은 모두 손수건을 꺼내들고 연신 눈물을
닦고 있었다. 그 모습이 나는 너무나 감동스러웠다. 나는 그
런 예술가가 될 수 없는가라는 질문을 했던 것도 같다. 아니

그런 관객이 될 수는 없는가라는 질문도 혹시 했을는지……

　그러한 경로를 밟아 모리스 장드롱의 무반주 조곡이니 글렌 굴드의 평균율이니 저 하이페츠의 블르흐니 카를로스 클라이버니 하는 음악의 능선의 한 작은 골짜기에 유숙하고 있으니 그 세계는 얼마나 신비하고 아름다운 곳인가. 이즈음엔 브람스까지도 조금은 들리는 귀를 갖게 되었으니 참으로 갈증의 시간이 아니었는지. 나는 어느 날 술을 마시고 음악을 듣다가 친한 친구에게 전화를 걸었다. "너도 시쓰지 말고 음악을 들어라."

　내가 지금 가장 많이 올리는 기도는 다음과 같다. "신이여, 내게 맘껏 음악을 들을 수 있는 공간과 시간을 주십시오. 그리고 거기에 맘껏 감동할 수 있는 깊은 심연을…… 침묵을."

오동나무가 있던 집의 기록

얼마 전 무리를 해서 새로 장만한 스피커에 첼로 모음곡을 걸었다. 나는 이 덩치 큰 스피커를 흥정하면서 속으로 현악기의 음색이 아주 좋을 거라는 소문을 염두에 두고 있었다. 그러나 막상 들여놓고는 우연하게도 내리 다른 것들만 듣다가 오늘에야 첼로를 얹어본 것이다. 역시 그전 스피커에 비해 한결 너그러워진 소리맛이 마음을 푸근하게 했다. 오동나무의 커다란 잎사귀처럼 넓고 부드럽게 너울거리는 음색 때문이었을까?

불현듯 내가 십대 중반에서부터 이십대 중반까지 근 10여 년을 살았던 저 인천 도화동 집에서의 기억이 잔잔하게 음악 속에 섞이고 있었다. 아직도 그대로라면 아마 그 집 마당엔 지금쯤 오동나무 그늘이 가득하리라. 전체 대지가 30여 평이 될까 말까 한 작은 터였는데 그중 마당에 두어 평의 화단을 갖추었던 그 집엔 지붕 위까지 웃자란 오동나무가 한 주 서 있었다. 그 집에 대한 기억은 그 오동나무에서부터 시작한다.

그 집으로 이사를 간 것은 늦은 가을이었다. 당연히 오동나무는 앙상하게 서서 초라한 우리집 세간을 맞았다. 그날 밤 나는 그 오동나무 바로 앞에 전신주가 하나 서 있고 거기에 보안등이 켜진다는 사실을 알았다. 보안등 불빛에 비치는 그 오동나무의 앙상한 골격은 이제 막 이사를 와 정이 들었을 리 없는 집에서 맞는 첫 저녁답게 참으로 을씨년스러웠다. 그래도 셋방을 전전하던 우리 식구들로서는 처음으로 장만한 집, 말하자면 초인종을 마음대로 누를 수 있는 집이어서 오래지 않아 정이 붙었다.

중학교에 입학하고 2학년인가 3학년이 되어 나는 여름방학 때 캠핑을 가면 써먹으리라 생각하며 손도끼를 하나 사서는 방과후 숫돌에 매일 그 무딘 날을 갈았다. 텐트 같은 것을 치거나 할 때 유용하게 쓰리라고 생각하면서 그렇게 한 것인지 잘 갈아지지 않는 도끼날을 매일 벼리곤 하였다. 문제는 그다음이었다. 숫돌에서 시꺼먼 물이 씻겨져내릴 때까지 갈고는 보안등에 그 날을 비춰본 후 나는 시험 삼아 매번 오동나무 허리를 내리쳤던 것이다. 그 무른 나무에는 손도끼가 대번에 쿡쿡 박혔는데 그 야릇한 쾌감은 참 알 수 없는 것이었다. 그런 짓을 한겨울 내내 되풀이했던 것 같다. 아니나 다를까 다음해 봄에 그 나무는 새순이 나지 않았다. 아버지는 나를 그저 몇 마디 말로 꾸짖었는데 그 정제된 몇 마디가 내 가슴에 아프게 자리잡았다. 이후 스무 살이 되었다.

베어낸 오동나무 그루터기에서 놀랍게도 새순이 나와 자라기 시작하더니 스무 살이 될 때까지 이전에 내가 죽인 그 오동나무만큼 자랐다. 오동나무가 빨리 자란다는 것은 알고 있었지만 실로 살의殺意를 가진 무엇처럼 그렇게 빨리 자란다는 사실은 놀랄 만했다.

나는 그때 딱히 유래도 없이 문학청년이 되어 있었다. 그 집에는 방이 셋이었는데 하나는 세를 놓았고 골방 하나가 내 차지였다. 그 방은 아궁이가 세를 놓은 집 부엌에 딸려

있는 바람에 좀처럼 연탄불을 넣기가 귀찮아 냉골로 지내
기 일쑤였다. 문학만 가르친다는 대학에 찾아가 입학을 하
고 그해 겨울방학을 맞이한 때였다. 두꺼운 솜이불을 푹 뒤
집어쓰고 문을 꼭 닫은 채 담배를 물고는 밤새 시를 끼적이
거나 책을 읽었다. 그 골방의 찌든 담배 냄새 속에서 이불을
뒤집어쓰고 백열등 열을 이마 위에 느끼면서 읽어낸 책 중
의 하나가 카프카의 『성城』이었다. 책 읽는 것을 딱히 즐기
지 않는 내가 그토록 지루하게 읽은 책 『성』이, 내게 그토록
길고도 힘있는 전류를 흘려보낼 줄 누가 알았으랴. 삼성출
판사판 보급형 세계문학선집 2단 세로짜기의 그 좁쌀만한
활자들을 더듬으며 갈 수는 있으나, 그리고 꼭 가야 하나 자
기도 모를 이유 때문에 끝까지 도달하지 못하는 그 성을, 나
는 내 안에서도 너무나 선명하게 발견하고 있었던 것이다.

K가 도착한 것은 밤이 이슥한 뒤였다. 마을은 깊은 눈
속에 묻혀 있었다. 성이 있는 산은 전혀 보이지 않고 안개
와 어둠이 산을 둘러싸고 있어 큰 성의 소재를 알리는 희
미한 불빛조차도 비치지 않았다. K는 오랫동안 큰길에서
마을로 통하는 나무다리 위에 서서 허허로이 보이는 저편
을 쳐다보고 있었다.

이렇게 시작하는 이 소설은 하이데거가 말한 이 세계에
'내던져진 존재'의 현장을 극명하게 보여주면서 시종 나를

우울한 열광에 휩싸이게 만들었다. 나는 책을 몇 줄 읽다
가 K의 심정을 헤아리며 답답증이 일어나면 밖으로 나와
보안등에 역광으로 드러난 오동나무의 앙상한 가지를 하
염없이 쳐다보곤 했다. '나'라는 존재는 어느 우주에서 어
느 우주로 가다가 잠시 이 지상에 내려진 것이란 말인가.
내려진 이곳에서 나는 또 어디를 향해 가야만 하는가. 그곳
은, 내가 가야만 하는 성은 어디인가. 그곳에 가고자 할 때
내 발목을 보이지 않는 거미줄로 엮고 있는 것은 또한 무엇
인가. 끊임없이, 대상을 알 수 없는 살의 같은 것이 내 텅
빈 머릿속을 어지럽혔다. 그래서였을까. 어느 날은 술에 취
해 집 앞에서 택시를 내렸는데, 내린 것까지는 기억이 나는
데 집으로 가는 길이 보이지 않아 새벽녘까지 헤매다가 겨
우겨우 집으로 찾아 들어오기도 했다. 그때 '나'란 도대체
어디에 있었던 것일까. 참으로 처음 살아보는 삶이 실감나
던 시간들이었다.

　당시 우리집에는 세 칸짜리 철제 캐비닛 장롱이 하나 있었
다. 어떤 경로로 그게 우리집 살림에 섞이게 되었는지 알 수
없지만 여하튼 그 차가운 물건은 우리 살림에 깊이 관계하
고 있었다. 그 캐비닛에는 다이얼을 돌리는 금고도 아래쪽
한 칸에 딸려 있었다. 그 안에는 별 쓸모 있을 것 같지 않던
문서 몇 가지와 전기세 영수증 같은 것들, 왠지 버릴 수는 없
고 그렇다고 사용하지도 못할, 이가 빠진, 겉모습만 귀중한
물건 같은 제도용품 세트 같은 것들이 들어 있었다. 나는 무

순 일 때문이었는지 몇 번인가 그 금고를 열었다가 다이얼
비밀번호를 모른 채 잠그는 바람에 낭패를 본 적이 있었다.
내용물을 다 알면서도 내게 꼭 필요한 귀중한 무엇이 따
로 있을 것만 같은데 비밀번호를 잘못 간수해 열어볼 수 없
는 상황, 나는 그게 내 청춘의 어떤 상징처럼 느껴졌다. 아
무렇게나 생긴 철제 캐비닛 속의 허술한 금고. 그러나 덜컹
거리면서 금방이라도 열릴 것 같지만 비밀번호 없이는 좀처
럼 열리지는 않는, 그 안에는 정작 별 쓸모도 없는 문서나
이 빠진 제도용구밖에 다른 것은 없는, 그러나 무엇인가 꼭
있을 것만 같은 그곳이 내 청춘이 찾아가려고 한 어떤 상징
이 아닌가 싶었다. 그 상황을 카프카는 너무나 극명하고도
비극적으로 미완의 장편『성』에 철필로 새겨넣었던 것이다.
오동나무에 다시 몇 번의 계절이 다녀가고 그 집을 떠나
기 얼마 전 나는 막대자석 주위에 쇳가루를 뿌리면 형성되
는 자장처럼 내 정신에 둥그런 무늬를 형성하는 니코스 카
잔차키스의『영혼의 자서전』을 접하게 되었다.『성』에서의
K가 이곳에서는 훨씬 유려한 삶의 편력으로 신의 성에 이
르고자 고군분투하고 있었다.

   ……나약한 영혼은 오랫동안 육체에 항거할 인내력이
   없다. 영혼은 무거워져서 육체가 되고 대결은 끝난다. 하
   지만 숭고한 의무를 밤낮으로 의식하는 책임 있는 사람들
   에게는 육체와 정신 사이의 분쟁이 무자비하게 터져 죽

113

을 때까지 계속되기도 한다. 영혼과 육체가 강할수록 투쟁은 그만큼 수확이 많고, 최후의 조화는 더욱 풍요하다. 신은 나약한 영혼이나 흐물흐물한 육체를 사랑하지 않는다. 정신은 힘차고 저항력이 넘치는 육체와 씨름을 하기를 원한다. 그것은 항상 배가 고픈 육식하는 새이고, 육체를 먹어 한몸이 되어서 사라지게 한다. 육체와 정신의 투쟁, 반발과 저항, 타협과 순종. 그리고 결국은 투쟁의 숭고한 목적인 신과의 결합, 이것이 그리스도가 행했고, 그의 피투성이 발자취를 따라 우리들이 행하기를 바라는 오름上昇이다.

편도나무에게 신에 대해 물었더니 꽃이 활짝 피었다는 이 인간적이고도 심도 깊은 절박한 역정은 나로 하여금 그 오동나무 사이로 빠끔히 비치는 하늘을 오랫동안 쳐다보게 했다.

담배 연기도 빠져나갈 수 없을 정도로 밀폐시켜놓은 채 생활한 골방에서의 내 이십대 중반은 급기야 심장에 이상을 가져오게 했다. 그리고 이러저러한 이유들은 마침내 그 집을 떠나게 만들었다. 그리고 청춘은 이러구러 다 지나가버린 것인지도 모른다. 근 10여 년간을 지낸 그 오동나무집의 기억은 남에게 공개하기에는 별 달가울 것도 색다를 것도 아플 것도 없다. 그러나 내 개인으로는 꽤 오랫동안 새겨지는 그런 낡은 흑백 필름 같은 것이리라.

지금도 그대로라면 아마 지금쯤 그 집엔 오동나무가 커다란 잎사귀로 그늘을 만들어 너울거리고 있을 것이다. 나는 그 그늘 속에 쪼그리고 앉아 있는 기억 속의 나를 흔들어 깨운다. 나는 일어나 음악을 바꾼다.

눈물의 기원

눈물을 닮은 숟가락.

예전에 시골에서는 양은으로 만들어진 숟가락도 있었다.

딱딱하게 굳은 찬밥을 뜰 때도 쉬 구부러지던, 그 숟가
락 안에는

무슨 뜻에서였는지 하트 모양의 문양이 있었다. 까맣게
때에 전 그 하트 무늬의 숟가락을 생각하면, 지금
우리가 사는 세상의 '눈물의 기원'이 바로 거기에 있는 듯해
쉬이 밥이 넘어가지 않는다.

하얀 찔레꽃

　밀린 세금을 내러 은행에 들렀는데 은행 뒷담 아래에 목
련꽃이 막 낯을 내밀고 있다. 부끄러워 죽겠다는 표정이다.
시골뜨기가 도회지로 전학을 와 낯선 교실에 처음으로 들
어설 때의 부끄러워하는 표정과 닮아 있다. 나는 볼일이 끝
났는데도 그 목련꽃 그늘 아래 자리에 한동안 우두커니 앉
아 있고 싶었다. 그곳이 은행만 아니었어도 나는 잠깐 그러
고 있었을지 모른다. 아니 앉아 있지는 못하더라도 가만히
서 있어보기라도 했을 것이다. 그러나 이제는 그만한 용기
도 없어졌다.
　지난겨울의 어떤 것이 저 목련나무의 내면을 삭혀서 저토
록 희고 밝은 빛을 내밀게 했을까. 상투적이지만 나는 돌아
오는 길에 그런 생각을 하면서 걸음을 옮겼다. 어쩌면 나는
내 어머니의 내면에서는 한 그루 목련나무일지도 모른다는
생각을 해보았다.
　지금이 아닌 작년이었다면 아마 그런 생각은 하지 못했
을지도 모른다. 지난 늦가을에 내게도 아이가 생겨 내 흐
린 그늘 아래 두고 있는 것이다. 첫아이가 생겨 고것을 병
원에서 집으로 데리고 와 어머니와 나는 일종의 경건한 마
음이 되어 아이의 얼굴을 조용히 들여다보고 있었다. 어머
니가 그때 무슨 생각을 했는지 나는 헤아릴 수 없었으나 아
마도 당신이 나를 낳았던 때를 생각하지 않았을까. 어머니
가 나를 낳고 고요히 바라보고 있었을 그 장면은 상상만으
로도 눈물겹다.

아무 까닭도 없이 나는 가슴이 아련해진다. 한 생명이 멀고먼 우주에서부터 진귀한 손님으로 찾아와 내 앞에 내 손길을 타야 하는 것이 되어 있다니 아이를 어머니와 함께 들여다보다가 나는 내 방으로 들어가 미묘한 서글픔 같은 것에 젖을 수밖에 없었는데, 그것은 아이가 내게로 온 그만큼 어머니는 어디론가 사라지고 있다는 구체적인 실감 때문이었다. 조금씩 조금씩 한 세대가 다가오고 또 한 세대는 물러가는구나 하는 실감은 어떻게 해석하든 서글픔이 섞이지 않을 수 없었다.

내 기억의 맨 밑자리인 서너 살 때의 어느 하루, 나는 낮잠에서 깨어난다. 주위에는 아무도 없다. 무서움 때문에 울음이 나왔으나 나는 이제부터 울어도 소용이 없다는 것을 깨닫고 이제는 울지 않을 것이라고 생각하며 집 밖으로 나온다. 마당에 가득 찬란하던 햇빛에 멀미가 났던 것도 같다. 오후의 햇빛들은 고기비늘처럼 산자락에 부딪쳐 반짝이고 있다. 그다음부터는 혼자 집을 지킬 수 있는 아이가 되었다. 왜 '이제부터 울어도 소용없다'고 생각한 그 생각 자체가 내 기억의 맨 밑자리에 자리하게 되었는지 참 불가사의한 일이다.

나는 늘 빈집에서 저녁이 늦어도 오지 않는 할머니와 어머니를 기다리는 일이 많았다. 어둑어둑해질 무렵 찬 방에 웅크리고 있다가보면 '털썩' 하고 나뭇동을 헛간에 메어붙이는 소리가 났다. 반가움에 문을 열면 어머니는 저만큼 마당

한쪽에서 아무 말 없이 머리에 썼던 수건을 벗어 옷에 묻은 검부러기들을 탁탁 털고 계셨다. 어머니의 머리 위로는 흩어진 튀밥처럼 흰 별들이 돋아나 빛나고 있었다. 늦은 저녁을 짓는 부엌 아궁이 앞에 어머니는 환한 불빛을 안고 앉아 계셨다. 나는 그 옆에 나란히 앉아 별다를 것 없는 이야기를 간혹 지껄이곤 했다. 늘 말이 많지 않으신 어머니는 부지깽이로 아궁이의 불을 다스리다가 밥이 다 되면 발등에 기대 졸던 강아지의 다리를 탁 쳐서 깨우고는 일어나 솥가에 흐른 밥물을 닦으며 뜸을 들였다.

어머니와 할머니는 별로 사이가 좋지 않았다. 어머니와 할머니 사이에 이어진 줄 위에서 나는 늘 위태롭게 줄타기를 하고 있었다. 나는 자주 우물가에 가서 앉아 쓸쓸해했다. 그리고 이다음에 절대 싸우며 살지 않겠다고 마음속으로 다짐을 하곤 했다.

어느 날 학교에서 돌아오니 어머니가 나를 불러 '전학을 시켜놨으니 내일 인천으로 가라'고 일렀다. 나는 그길로 산 너머에 있는 학교에 가서는 참고서며 책들을 챙겨와야 했다. 선생님에게 인사를 하려고 사택에 들렀으나 몇 번을 망설이다가 그냥 돌아서버리고 말았다. 사택 안에서는 여러 사람의 이야기 소리들이 즐거운 웃음소리들과 함께 들렸는데 그 소리 속으로 들어갈 용기가 도저히 나지 않았다. 지독한 부끄러움 때문이었다.

다음날 아침에 할머니와 어머니는 무슨 일 때문이었는지

심하게 다투는 것이었다. 나는 어머니 말씀이 옳다고 느꼈던지 그날은 어머니 편이었다. 짐을 싸서는 그냥 인천으로 가려고 하는데 어머니가 불렀다. 방에 계신 할머니에게 인사를 하고 가라는 것이었다. 그 순간 나는 어머니의 속마음을 읽고는 부끄러웠다. 나는 어색하게 할머니에게 인사를 드렸다. 할머니도 역시 인사를 받고 내 손목을 꼭 쥐어주었다.

나는 어머니 품에서 잔 기억이 없다. 기억나는 한 나는 할머니 품에서 잠이 들고 깨어났다. 할머니 품에서는 노인의 냄새가 났었다. 그러나 나는 그것이 싫은 냄새인 줄은 몰랐다. 할머니는 늘 먹을 것만 보면 가져다가 내게 내밀었다. 할머니 곁을 떠나 집 앞 오르막 산길을 걸어 올라가는데 어머니는 보이지 않는데 할머니가 마당에 하얗게 나와 구부러진 허리를 펴서는 내게 잘 가라는 손짓을 하고 계셨다. 나무들 사이로 내가 보이지 않을 때까지 그러고 계셨을 것이다. 나는 쏟아지는 눈물을 애써 삼키면서 길을 걸었다. 할머니도 그러셨을 것이다.

어머니는 인천에 가시는 일이 많았다. 인천에서 아버지는 직장에 다니셨고 손위 형들은 학교에 다니고 있었기 때문이었다. 나는 어머니가 인천에 가시는 것이 그렇게 싫었다. 어머니가 인천에 가시면 할머니와 나는 밭머리에서 늘 부둣가에 배가 닿는 시간을 기다렸다. 배가 닿고 사람들이 마을로 걸어들어오는 것을 보면서 할머니는 눈밝은 나에게 "니 오

메 오나 봐라"라고 말씀하셨다. 아무리 헤아려보아도 어머
니가 보이지 않는 날이 많았다. 그 섭섭함은 무엇에 비유할
수 있을까. 자주 싸우는 할머니도 어머니가 안 계시면 늘 눈
이 빠져라 어머니를 기다렸다. "니 오메 오늘 또 안 오는구
나" 하시고 나를 데리고 집으로 들어갔다. 그리고 할머니와
나는 텃밭에서 상추를 뜯어 개울물에 대충 씻어서는 마당에
찰랑찰랑한 햇빛들을 바라보며 찬밥을 먹었다.

　할머니는 아무 때고 자주 울었다. 몇 해 전 할머니의 늦게
본 막내아들, 그러니까 나의 삼촌이 갑자기 세상을 뜨고 말
았기 때문이었다. 불현듯 아들이 보고 싶으면 복받쳐오르는
슬픔을 가누지 못해 수건을 말아 쥐고는 무릎을 치면서 통
곡했다. 나는 무어라고 달래줄 말이 없어 늘 그 옆에서 손톱
이나 맞부딪치며 묵묵히 서 있곤 했다. 할머니는 자주 살구
나무 아래서 울곤 하였는데 봄날 살구꽃들이 할머니 울음 속
에 우수수 날리던 것을 나는 지금도 잊을 수가 없다. 그 풍
경을 나는 슬픔으로 기억하고 있는 것인지 아름다움으로 기
억하는 것인지 쉽게 판단을 하지 못하겠다. 할머니는 삼촌
이 쌓았다는 변소의 흙돌담에 가서는 삼촌의 손자국을 당신
의 손으로 자주 더듬고는 했다. 그 희미한 흔적들을 더듬는
모습은 어린 나이에도 참으로 눈물겨웠다. 실은 거기에 손
자국은 없었다. 어머니와 할머니가 싸우는 이유 중에는 삼
촌의 급작스러운 죽음을 19세기 말에 태어난 할머니가 어머
니 탓으로 돌리는 이유도 있었던 것 같다. 그야말로 19세기

식이었던 것이다.

　스무 살의 늦은 가을 어느 날, 어머니가 병원에 다녀왔다.
아파도 좀처럼 아프다는 말을 안 하시는 어머니가 스스로
병원에 갈 정도면 심상치 않은 징조였다.

　"보호자랑 같이 오라는구나."

　저녁 밥상에서 결과를 묻는 말에 어머니는 이렇게 무심히
대답했다. 나는 가슴이 철렁했다. 밥이 넘어가지 않았다. 조
용히 수저를 놓고는 내 방으로 가 주체할 수 없이 쏟아지는
눈물을 받았다. 저절로 울음이 나왔다. 울음은 어디에서부
터인지 자꾸만 올라와 고였고 그것은 퍼내야만 할 무엇처럼
자꾸만 솟아났다. 나는 나도 모르게 엎드려 누구에게랄 것
도 없이 기도를 했던 것도 같다.

　다음날 내가 보호자가 되어 어머니를 모시고 병원엘 갔
다. 의사는 어머니에게 소변을 받아오라고 한 다음 잔뜩 주
눅이 든 나를 가까이 불러 느닷없이 좀 늦은 것 같다는 말을
했다. 그 의사의 무표정에 살의가 느껴질 정도였다. 어머니
는 지난 계절에도 이 병원에 왔던 모양이었다. 검사를 하고
는 결과를 보러 오지 않았다는 의사의 말이었다. 돈이 들 것
을 염려한 어머니는 그만저만하다고 생각되어 그만두신 것
이 뻔했다. 검사에서 그렇게 중한 병이 나왔다면 환자가 오
지 않더라도 마땅히 연락을 취해주었어야 하는 것이 병원의
의사 된 도리가 아니었을까. 나는 그 말을 듣고 그 의사가
사람같이 보이지도 않았다.

우리 모자는 늦은 가을 저녁에 병원을 나섰다. 찬바람이 쏴 하고 거리를 훑었다. 나는 가슴께에 납덩어리 같은 것이 걸려 있는 것 같았다. 어머니가 병을 눈치챘는지 알 수 없었다. 나는 자꾸 눈물이 비쳐 어머니와 같이 집에 갈 수가 없었다. 볼일이 있다며 나는 어머니께 택시를 탈 것을 권했다. 그러나 어머니는 버스를 타고 큰 시장에 들러 동치미거리를 같이 사가지고 가자고 했다. 나는 신경질을 부렸다.

'당신은 동치미가 익기도 전에 돌아가실지도 몰라요.'

그날 나는 공원에서 서성이다가 집으로 들어갔다. 어머니는 부엌에서 두런두런 찬송가를 웅얼거리면서 저녁을 준비하고 계셨다. 나는 그 모습을 보면서 눈치를 채셨구나 생각했다. 그 낮은 부엌의 노란 백열등 빛 아래서 왔다갔다하시는 어머니의 모습이 아련하게 지금도 무슨 오래된 판화처럼 가슴에 새겨져 있다.

세브란스에서도 거의 포기를 하고 통원 치료를 했다. 그때 막 대학 1학년에 다니던 나는 친구들과 만나 술을 마시고 "엄마 일 가는 길에 하얀 찔레꽃……"으로 시작되는 노래를 부르면서 울었다. 문학청년이던 나는 무엇보다도 내가 시인이 되는 것을 가장 기뻐할 사람이 이 세상에서 한 사람 사라진다는 사실이 슬프기 그지없었다. 기뻐할 사람도 없는데 그게 무슨 의미가 있겠는가(그때는 신춘문예 철이었다) 하는 생각까지 들었다.

어느 날은 자리에서 일어나시던 어머니가 푹 쓰러지는 것이 아닌가. 엉겁결에 내가 발을 내밀어 머리가 방바닥에 부딪치는 것은 면했다. 나는 이제 돌아가시는구나 하고 생각했다. 그러나 어머니는 강했다. 끝까지 삶을 포기하지 않았다. 그래도 고통이 극에 달하면 막내인 내가 제일 걸린다는 말을 끝내 내 귀에도 들리게 했다.

평생 편할 날이 단 하루도 없었던 생이었다. 나는 제대로 어머니를 기쁘게 해드린 적이 없었다. 딱 한 번 있다면 고등학교 때 문학 콩쿠르에 입상해 받은 상금으로 안경을 사드린 적이 있었는데 그걸 그렇게 좋아하실 수가 없었다. 조금씩 지쳐가는 나 자신도 싫었다. 그러나 어머니는 놀라운 의지로 병을 이겼다. 아무거나 약이 된다는 것에는 다 응했고 열심히 기도를 드렸다. 그리고 완쾌되셨다. 기적 같은 일이 일어난 거였다.

어머니가 앓고 난 어느 날 나는 윤동주를 읽다가 「별 헤는 밤」에서 그가 "……별 하나에 사랑과 별 하나에 어머니, 어머니……" 하고 '어머니'를 두 번 반복해 써넣은 그 심정을 비로소 알 듯했다. 어머니를 살린 몇 해 후 아버지를 여의었다. 늦은 가을이었다.

아버지를 묻고 산 사람은 또 살아야 하므로 김장을 하겠다고 동네 공터 밭에 심었던 배추를 캐러 어머니를 따라나섰다. 지난여름 아버지와 밭을 갈고 씨를 뿌리던 생각이 났다. 아버지가 뿌린 배추를 아버지는 죽고 아들이 뽑아 먹는다고 생각하니 착잡한 생각이 일었다. 과연 아버지는 이럴

줄 아셨을까. 어머니가 배추를 뽑으시며 뭐라고 한 것 같은 데 잘 기억나지 않는다.

지난해 늦가을의 나와 어머니는 나란히 앉아 내 아이를 들여다보고 있다. 내 방에서 책을 보다가도 금방 다시 아이 있는 데로 가서 또 아이를 들여다보고 온다. 무슨 소리가 들리면 다시 가서 들여다본다. 어머니도, 애엄마도 들여다보고 있다. 마르지 않는 샘물 같은 아이의 얼굴을 일방적으로 들여다보며 나는 내가 이 아이만했을 때를 상상해본다. 어머니도 나에게 이렇게 했겠지. 끝도 없이 내 얼굴에 들어와 박혔을 어머니의 시선을 나는 지금 내 얼굴에서 느낀다. 어머니에게서 나에게로, 다시 나에게서 내 아이에게로 명주실처럼 이어지는 보이지 않는 끈. 이 아이가 또한 커서 지 엄마에게서 받은 그 시선의 끈들을 이어나가겠지.

그러나 지금 어른이 되어 나는 어머니의 눈을 1분 이상 바라본 적이 있었던가. 아내의 해산 장면을 보면서 다른 사람에게는 몰라도 에미에게 잘못했다가는 천벌을 받겠구나 생각했다던 어느 영화감독의 직설적인 말이 생각났다. 그 말이 나에게도 지금 깊은 메아리로 울려온다. 지금 어머니는 내 아이를 돌봐주느라고 큰 고생이다. 그러나 어머니는 즐거워하신다. 나도 몸은 고달파도 마음은 즐거우시리라고 일방적으로 생각해버린다.

그 아이를 통하여 어머니는 무엇을 보고 계실까? 나는 내 얼굴을 손으로 더듬어본다. 어머니의 시선이 알알이 박힌

이 얼굴. 이 땅의 모든 어머니의 마음을 조금만 헤아리면 우박을 맞은 것같이 가슴께가 얼얼해진다. 어디 나만 그러랴. 언젠가 지존파 사건이 일어났을 때 나는 그 아이들의 어머니의 심정을 생각하면서 우울해졌었다. 얼마나 억장이 무너졌을까. 텔레비전에서, 철천지 죄인의 어머니가 되어 얼굴을 감싸고 재판장 계단 모퉁이를 빠져나가는 어머니의 모습이 잠깐 비쳤었다. 그래도 그 어머니는 그 아들을 포기하지 않고 사랑했을 것이다.

목련이 흐드러지는 지금 어쩌면 나는 우리 어머니 속의 목련나무인지 모른다. 장미가 흐드러지게 피면 그때의 나는 다시 어머니 속의 덩굴장미인지 모른다. 내 속의 내 아이가 그런 것처럼.

이 땅의 모든 어머니들이여,

당신들의 속은 이미 다 꽃 넝쿨입니다.

4
걷어온 이부자리 위에서

봉숭아 씨앗 한 봉지

아침 이슬에 묻어 내린 송홧가루가 세워둔 차의 유리창이며 낮은 계단 구석마다 노랗게 묻어 있다. 해마다 송홧가루가 날리는 때는 햇볕에 구운 소금이 가장 많이 나는 때라고 했던가. 그런 생각을 하자 금방이라도 넓은 소금밭이 눈앞에 펼쳐지는 듯하다.

요즈음에는 소금을 한 가마니씩 사서 쌓아두는 집은 없을 것이다. 그러나 옛날에는 그랬다. 굵은 소금을 배추들 위에 숭숭 뿌리던 때의 그 손길이며 소금 떨어지는 소리며…… 생각만 해도 괜히 즐겁다. 옛날에는 소금의 쓰임새가 많았다. 소금을 집 한구석에 쌓아놓고 나면 마음은 얼마나 든든했을까. 어느 작가는 단칸방에 살면서 값나가는 오디오를 사서 듣곤 했다는데 웬일인지 소금장수가 지나가기에 그걸 한 가마니 사서 방에 들여와 오디오 옆에 세워두고 음악을 들었다는 얼토당토않은 글을 본 적이 있다. 오디오와 소금 가마라니…… 희한한 몽타주지만 그 모양이 그렇게 재미있을 수가 없다. 그 심리 또한 얼마쯤은 이해할 수 있을 듯싶다. 이미 낡은 비유이긴 하지만 소금이 가지고 있는 그 상징성이란 실로 깊디깊은 것이 아닐 수 없다. 아무튼 송홧가루가 날리는 이때는 여러모로 젊은 사람들에게는 두루두루 생각할 거리가 많은 것이 사실이다.

지난봄인가(지난봄이라니, 벌써!) 주유소엘 들어갔는데 꽃씨를 한 봉지 주기에 받아왔다. 기름집에서 꽃씨를 나눠준다는 것이 빤히 속 보이는 판촉 행사 같기도 했지만 그래도 다른 별 쓸모도 없는 사은품에 비해 싫지는 않았다. 그것이 흙에 떨어지면 싹이 나는 살아 있는 식물의 씨앗이라는 것 때문에 그랬을 것이다. 그러나 기름집에서 준 씨앗이 싹을 틔울 수 있을까 믿음이 가지 않는 것이 사실이었다. 아마 그곳이 종묘상이었다면 쭉정이를 주었어도 탐스러운 싹이 나오리라고 무조건 굳게 믿었을 것이다.

며칠을 그 씨앗 봉지는 방안에서 굴러다녔다. 일요일 아침 새삼 생각이 나서 빈 화분에 새 흙을 넣어 그 씨앗들을 묻었다. 그 위에 물을 뿌리면서도 여전히 싹이 나리라는 기대는 하지 않았지만 물을 뿌리는 그 마음은 신선해서 혼자 미소를 짓기까지 했다. 아이의 새까만 눈동자를 가만히 들여다보는 어머니의 눈빛 또한 이렇게 씨를 묻고 물을 뿌릴 때의 그것과 같을 것이라는 생각이 들기도 했다. 어머니의 눈이라는 사랑의 창공에서 쏟아지는 그 빛들. 나는 그 화분을 베란다 한쪽 구석에 갖다놓았다. 그러고는 잊고 있었는데 웬일인가.

며칠이 지나지 않아 화분에서 수없이 많은 봉숭아 싹들이 들고 일어나지 않는가. 자욱한 아우성들이 들려오는 듯 신비롭고 경이롭게 빛나고 있었다. 그것은 기대하지 않았던 내 마음에 반란을 일으키는 것처럼 모두 썩썩했다.

한동안을 나는 그 앞에서 쪼그리고 앉아 있었다. 그렇게 할 수밖에 없었다. 그곳에서는 놀랍게도 내가 전혀 상상치 못했던 한 생이 시작되고 있었던 것이다. 그러나 한 생명의

129

시작을 보는 것은 기쁜 마음으로만 들여다볼 수 있는 것이 아니다. 신비롭게만 볼 수 있는 것이 아니다. 그 일생에 따를 고난과 아픔들이 사람의 일생과 자연스레 겹쳐지면서 나는 사뭇 경건해지지 않을 수 없었다. 아 이 분잡한 15평의, 그것도 12층 베란다 한구석에서, 널따랗고 기름진 대지에 뿌리내리고 자라나야 할 일생이 하필이면 이런 곳에서 시작되고 있구나 생각하니 구슬프기까지 했다.

우리네 대개의 삶들이 그렇지 않던가. 이름 없이 호젓한 구석에서 바람에 흔들리며, 그러나 거기에서도 햇빛이 들어오면 햇빛이 비치는 쪽으로 몸을 기울이며 꽃을 피우고 또 나름으로 열매를 열심으로 맺는 것이 아니던가. 제 스스로 자기 것 자체로 제 일생의 전부가 되는 것. 우리네 대다수의 사람들은 그러한 삶들을 살아가고 있지 않던가. 아마도 그것이 가장 커다란 생일지도 모르겠다. 봉숭아꽃이 때로 소녀들의 손톱 속에 그 빛깔만으로 가앉는 일이라니. 그렇게 자기 영혼을 남기는 일이라니. 행복의 크기를 체적으로 잴 수 없듯이, 간절함이라는 것의 깊이를 자로 잴 수 없듯이 한 생명의 처음과 끝은 그만큼 간절하고 큰 것이리라. 그렇기에 나는 그 봉숭아 화분 앞에서 내 생 쪽으로 다시 무릎을 펴고 일어나지 않을 수 없다.

일어나면서 나는 올여름엔 파울 클레의 절묘한 색상을 닮은 베란다를 상상해본다. 실질적으로 그만은 못하다 해도 거기에 마음을 보태 바라보면 충분할 테니까, 클레의 그림

한 폭을 바라보는 흥겨움. 무릎을 펴면서 더불어 나는 아파
트 마당 저편으로 한없이 넓게 펼쳐진 환한 소금밭을 바라
본다. 끝이 내 마음에 닿아 있다고 하면 너무 억지일까? 내
마음의 소금밭이라고 하면.

돌 속의 달마

어느 헌책방엘 들렀는데 구석에 이상하게 생긴 돌멩이 하나가 보였다. 거무스름한 게 무슨 곰의 모습을 떠올리게 생긴 것이었다. 무늬는 퇴적층의 일부에서 떨어져나온 듯 여러 개의 가로줄이 촘촘해서, 과장하자면 어느 계곡의 단애斷崖처럼 보였다.

그걸 얻어다가 책상의 컴퓨터 앞에 놓아두고 바라보곤 했다. 첨단 기술을 상징하는 컴퓨터 앞에, 화면 한쪽을 조금 가릴 정도의 위치에 놓아두니까 그럴듯했다. 게다가 방 귀퉁이에 뒹굴던, 전에 어디선가 주워온 다른 돌멩이 하나도 옮겨 화면 반대쪽 그만한 위치에 세워두었다. 이제는 제법 무슨 멋을 아는 사람이 된 것처럼 스스로 흐뭇해졌다. 컴퓨터 앞이 마치 무슨 계곡이라도 되는 듯했다. 계곡 저편으로 물러난 화면을 바라본다는 착각을 가장하면서 그 늘상 개운찮은 문명에의 거부감 같은 것을 해소해보기도 했다. 화면 속에서 원고를 쓴다거나 하다가 막히면 나도 모르게 돌 쪽으로 눈길이 옮겨지게 마련이었다. 헌데 어느 순간엔가 이상한 이명耳鳴이 찌잉 하고 귓속에서 울리는 것을 느낄 때가 있었다.

어느 날 친구가 찾아왔다. 내 방에 들어온 친구는 그 돌멩이가 놓여 있는 광경을 보더니 흥미를 나타냈다. 고개를 내밀어 좀 자세히 보는 듯했다. 그러더니 하는 말이 이 돌 속에 달마達磨가 있다는 것이었다. 귀가 확 트여 나도 그처럼 고개를 내밀어 살펴보니 그 비스름한 모양이 돌의 위쪽에

음각으로 나 있는 듯했다. 그렇게 보기 시작하니까 그 모양 이 점점점 그 윤곽 속에서 선명하게 물빛이 번지듯 배어나 왔다. 내가 보지 못한 것을 친구가 보아준 것이었다. 그만한 발견도 분명 한 세계의 발견인 듯했다. 친구 덕에 나는 또 한 세계를 가지게 된 것이다. 그러고 보니 그 돌 안에는 달 마만 있는 것이 아니었다.

막연하게 그저 그만한 즐거움으로 거기 있던 그 검은 돌 멩이가 이제는 온몸으로 다시 살아나고 있었다. 맨 처음 이 돌멩이를 만났을 때의 그 곰을 닮았던 형상은 되레 점점 쇠 퇴하고 그 안쪽에 이러저러한 삶들이 깃들이기 시작하는 것 이었다. 없는 것이 없었다.

싱그러운 풀포기며 끝이 하늘에 닿는 들판과 언덕들이 펼 쳐지는가 하면 새들이 날아가고, 그 깊은 속에는 수만 겹의 파도 소리며 고적한 산길 위의 벌레 소리마저 담겨 있는 듯 했다. 문득 하나의 돌멩이에 지나지 않던 것에서 수없이 살 아나는 이것들을 다른 무엇으로 불러야 할까. 그러나 그 이 름 짓기란 이미 또다른 무엇으로 결박 짓는 일만 같았다.

이 돌 앞에 앉아 있는 나와 내 앞으로 어느 순간 뚜벅뚜벅 걸어나온 이 돌멩이의 차이가 있다면 내가 1분에도 수십 번 의 숨을 들이쉬고 내쉬는, 그러다가 때에 이르면 다른 숨으 로 옮겨가는 한 포기의 호젓한 존재라면 이것은 수만 년, 수 십만 년에 한 번씩 숨을 쉬는 작지만 거대한 어떤 것이라는 차이라고 할까? 이제부터 이 돌멩이를 이 세상에서 가장 오래가는 꽃이라고 불러도 되겠다. 그리고 내가 어느 순간 느껴던 그 이명은, 이 돌멩이가 내쉬거나 들이쉬는 숨결의 한 가락쯤이었을 것이다. 문득, 이 모든 것들 앞에서 난 겸손해지지 않을 도리란 없다. 이 돌멩이 뒤에서 컴퓨터가 초조하게 깜빡거리고 있다.

사람은 어디로 가나

가을에는 모든 길이 멀리로만 가는 길 같다.

사람은 죽으면 다 어디로 가나.
거야 아주 쉽지.
별자리 하나씩을 이루어 또다른 삶을 살지.
그러다 그 삶은 또 어디로 가나.
거야 더 쉽지.
여기 이렇게 있잖아.

북두칠성이 선명한 밤입니다.

장미 화분

　길모퉁이를 도는데 아이들 감기약을 먹이는 시럽 숟가락 만한 장미꽃들이 눈에 띄었다. 인근 화원에서 가져다가 늘어놓고 아파트 주민들에게 파는 화분들이었다. 걸음을 멈추고 가만 보니 파란 새잎 위에 올라온 빛이 여간 이쁜 것이 아니었다. 우유컵보다 좀 클까 말까 한 화분 하나에 한두 송이씩 피어 있고 그 아래쪽에 봉오리 진 것이 여럿, 식솔들처럼 올라오고 있었다. 꼭 사야 할 것만 같아 2천 원의 값을 치르고 들고 왔다. 생각보다 분盆이 너무 가벼운 것이 맘에 걸려 물었더니 영양제도 주고 했으니 그냥 물만 주면 된다고 했다. 그래서 그날은 그걸 가져다 거실 텔레비전 위에 올려놓고, 식구가 하나 는 것처럼 들명 날명 들여다보는 재미가 쏠쏠했다. 일상에 치여 며칠이 후딱 지나갔다.

　문득 생각이 나서 부랴부랴 베란다로 나가봤다. 아닌 게 아니라 꽃은 말랐고 잎들은 이미 시들어버렸다. 그래도 봉오리들이 아직은 고개가 빳빳해 얼른 물을 뿌려주고는 분을 좀더 큰, 다른 분의 죽은 나무를 뽑아내고 옮겨주었다. 맨 처음 그 분을 손에 들었을 때의 무게가 아무래도 맘에 걸렸기 때문이었다. 옮기는데 보니까 분 안에는 허연 뿌리들만이 얼키설키 엉켜 있었다.

　어지러운 마음을 달래려고 베란다 청소를 한다. 어느 구석엔 양말도 한 켤레 떨어져 숨어 있고, 장난감에서 부서져 나온 작은 바퀴도 있다. 작년에 어머니가 길가에 난 것을 옮겨 심어주고 간 대추나무 어린 가지에서는 새잎도 돋았다.

그 잎사귀마다 어머니 얼굴도 돋아나 있었다. 그리고 바닥
여기저기 떨어진 머리칼들. 그 앞에 앉아 나는 이건 누구 거
고 이건 또 누구 거고 이건 힘없이 얇은 거니까 누구 거고
하면서 앉아 있다. 그렇게 앉아 있자니 무언가 가슴 밑바닥
에서 올라오는 것이 있는데 슬픔이랄지 기쁨이랄지 모를 어
떤 게 벅차오른다. 대충 청소를 끝내고 다시 그 장미 화분
앞에 앉았다.

　내 기분이겠지만 한결 생기를 띤 듯하다. 그리고 이렇게
생각한다. 그래 역사니, 민주주의니, 구원이니, 진보니 하
는 것도 다 이 속에 있는 거지 별거겠니. 남은 봉오리들이
하나도 빠짐없이 살아 모두 꽃피울 것을 기대하며 나는 무
릎을 펴고 일어난다. 어느덧 화분이 마음속에도 하나 복사
되어 있다.

와선에서 깨어나

햇볕이 좋아 종일 창으로 들어온 볕에 발목을 담그고 와
선臥禪에 들었다가 출출해지는 바람에 깨어나 국수를 삶는
다. 대낮에 그것도 건장한 남자가 혼자 양파를 까고 파를 썰
어 도마 한쪽에 가지런히 모아두고, 멸치를 집어넣어 국물
을 끓이고 다른 쪽 냄비의 물이 끓기를 기다려 국수를 삶아
내는 일은 제삼자의 눈으로 보면 참 형언할 수 없는 비애 같
은 게 느껴질지도 모른다. 그것도 몇 번 해봤다고 끓는 물
에 국수를 넣고 팔팔 끓여 익으면 찬물로 여러 번 씻어내야
국숫가락들이 식어서도 서로 달라붙고 엉키지 않는다는 비
법까지 생각해가면서 그렇게 한다. 그 내면의 계산까지를
합하여 바라본다면 더할 나위 없이 커다란 삶의 서글픔 같
은 게 치밀어오를지 모른다.

간혹 아파트 관리사무소와 연결된 스피커에서 비애의 음
색처럼 치치대는 잡음으로 무슨 이부자리를 노인정에 와서
사라고 하는 소리도, 조선간장을 넣어 거무튀튀한 국물이
끓는 소리 속에 섞여 들린다. 그런 속에 오늘날에 이른 시
인의 위치가 있다고 생각해본다. 그 생각 덕에 국수는 내가
먹을 양보다 훨씬 더 많이 끓여진다. 이런 날은 과식이 거
의 내 생활의 관례다.

식탁 한쪽에 조간신문을 펼쳐놓고 기사들을 눈으로 더듬
거리면서 국수를 퍼먹는다. 국수를 퍼먹는 모습은 나 스스
로에게도 왜 그렇게 비애스러운가. 한 주먹이 되는 것을 입
안에 욱여넣느라고 젓가락을 가로물고 애쓰는 그 모습은 눈

을 부라리며 볼이 터져라 상추쌈을 먹는 모습과 사촌지간
인데 사는 것이 전쟁이라는 말을 저절로 생각나게 하는 모
습들이다. 당사자는 몰라도 그것을 아주 객관적인 거리에
서 물끄러미 관찰하면서 그렇게 느낀다는 게 그렇게 억지
일 리도 없다. 서넛이 먹을 만큼은 되게 삶아놓은 국수를 국
물이 다 식도록 번갈아 담가가며 무슨 맛인지도 모르게 다
퍼먹어버렸다. 눈알이 튀어나올 것만 같다. 이렇게 육체적
으로 어찌할 수 없게 만들면 속은 우선 후련하다. 괴로움에
안심이 된다.

  그런데 왜 그랬을까.

  왜 이토록 잔인할까.

  아무것도 볼 것 없는, 나와는 별 관계도 없는 신문지를 들
여다보며 국수를 퍼먹고 있노라면 아니 그 이전부터, 내가
와선에서 깨어나면서부터, 아니 그 이전 그러니까 출출해지
는 순간부터, 아니 아니 그 이전에 이미 나는 이 세상에게
버림받았던 것이다. 어느 한순간 목련나무가 목련꽃에게 한
꺼번에 버림받는 것처럼.

사람들 사이에 마른 풀잎 소리가

올해는 더위가 일러서 아직은 그럴 때가 아닌 것 같은데 한밤중이 되어도 창을 활짝 열어두어야 할 정도다. 오늘은 더더욱 유난해서 낮에 아파트 앞 광장은 한여름을 방불케 했다. 하여 밤이 늦어도 문을 닫을 수 없다.

자정 지나니 고요하다.

날씨 탓인지 집 뒤편의 공원에서 밤이 늦어도 두런두런 들려오던 말소리도 없다. 좀 있으려니 역시 바람이 이는 기척이 난다. 밤 소나기의 전주곡쯤으로 생각된다. 몹시 더우면 어김없이 소나기가 쏟아졌었다는 기억의 힘이다.

언제부터인지 내 방은 부엌 옆방으로 정해졌다. 가장 작은 방이기 때문이다. 때로 태생적인 가난은 가장의 방을 가장 작은 방으로 정해준다. 그러나 그 작음은 즐거운 불편이기도 하다. 부엌은 한 집의 심장이 아니던가. 생명을 공급하는……

부엌 옆의 내 방 창밖으로는 부엌에 딸려 있는 다용도실이 있고 다용도실의 바깥 창문을 통해 내 방으로 바람이 들어오게 되어 있다. 바람이 일어나 내 방으로까지 불려들어온다. 벗은 어깨를 시원하게 해줄 때마다 무슨 소린가가 딸려들어와 마냥 고요한 공간에 작은 상처를 낸다. 너무나도 귀에 익은 소리다. 그러나 너무나도 오랫만에 들어보는 소리. 무슨 살아 있는 게 거기 있나? 어디서 새라도 날아들어 거기서 움직이고 있는 것일까? 이 아파트 꼭대기에 쥐가 있을 리도 없는데…… 나는 일어나 창밖으로 불을 비춰 확인한다.

창 밑에 매어놓은 선반에 파가 있었다. 그중 몇 가닥이 마른 거였는데 그게 바람이 살랑거릴 때마다 저희들끼리 부스럭대는 소리다. 얼마 만에 들어보는 소리인지 모른다. 마른 수수깡이 바람이 불 때마다 부스럭대는 소리, 바로 그 소리다. 아니면 새앙쥐가 무언가를 끊임없이 물어 나를 때마다 나는 소리라고 해도 되겠다. 그 소리는 잊힐 만하면 다시 내 귀를 아주 작게 흔들어 깨운다. 그러나 그 소리가 싫지 않다.

그 소리는 하던 일을 그만두고 제 소리에 좀 관심을 기울여달라는 듯 잊을 만하면 다시 들려오고 다시 잊을 만하면 내 귀를 잡아끈다. 고요에 자글자글한 금이 가게 만든다(문자란 그런 소리를 제대로 담을 수 없다는 데에 큰 불편함이 있다). 그 소리가, 마른잎들이 늦은 밤 고요한 공간 속에 풀어내는 소리가 환기시키는 것은 생명이다.

알고 보면 그것은 노래다.

그것은 생명의 노래다.

나는 그 마른풀이 죽은 것 같지 않다.

그것은 단지 다른 형태의 삶처럼 보인다.

그것은 밤늦게 멀리서부터 가까이 다가왔다가 사라지는 사이렌 소리와는 다르다. 창문의 덜컹임과도 다르다. 그것은 갑자기 돌아가기 시작하는 냉장고의 모터 소리와는 다르다. 그런 소리들이 무기적인 소리라면 이 소리는 유기적이다. 그것은 삶의 의미를 다시 한번 생각하게 부채질하는 속닥거림이다. 마른풀을 흔드는 조그만 바람의 율동과 음정. 전 우주의 질서 안에 속한 그 작은 소리들이 이 늦은 시간까지 잠자지 못하고 있는 이 목숨에게 건네는 전언의 의미는 무엇인가. 그것은 가장 작은 목소리가 가장 커다란 의미를 담고 있다는 뜻일까?

사람들 사이에서도 서로 부딪힐 때마다 그런 마른 풀잎의 속삭임 같은 소리가 들려올 날을 꿈꾸어본다.

걷어온 이부자리 위에서

모처럼 아이들 이불을 옥상에 내다 널었다.

참으로 오랜만에 해보는 집안일이다. 햇볕은 적당히 따갑고 바람은 설렁설렁 맑다. 베란다 유리창에 비친 대기의 그러한 청량감이 마루에 우두커니 앉아 있던 내게, 오늘은 이정도의 일이라도 해야 하지 않겠느냐는 기분을 일으킨 것 같다. 오랜만에 해보는 일이라서 그런지 어깨에 얹히는 무게가 싫지 않다. 이러다 갑자기 소나기라도 쏟아지면 어쩌나 하는 괜한 걱정까지 즐겁다. 사람에게는 걱정까지도 즐거울 때가 있다.

가령 막 좋아지기 시작한 여인과 막연히 별 할말도 없으면서 오래 길을 걷다가 여인이 발이 아프다고 좀 앉았다 가자고 할 때의 그, 슬그머니 밤하늘에 떠오르는 발 아픔에 대한 걱정 같은 게 혹 즐거운 걱정은 아닌지. 왜? 별 그렇지도 않으면서 아프다고 말했다는 것을 서로 적당히 알므로.

흉이 될는지 모르나 아이들 방바닥에 이불을 그냥 깔아두는 수가 많았다. 지 에미가 일찍이 무슨 짬 낼 사이도 없이 일터로 간데다 자질구레한 일을 싫어하는 내 모자란 성미 탓도 크다. 아이들도 제자리인 어린이집에 가 있고 나 혼자 집에 있는 대낮이면 들명 날명 보이는 그 이부자리가 맘에 께름칙하게 걸리곤 했던 것이다. 개어놓지도 않고……
남들은 매일매일 내다 말리기도 하고 간혹은 후닥닥 빨기도 한다는데…… 하는 생각들에 늘 내 맘 한쪽에서 미안했던 것이다. 간혹은 야뇨도 없지 않았으련만…… 아무튼 오늘은 무슨 철이 들었는지 그런 좋은 일을 단호히 실행에 옮겼던 것이다.

정신 차려 해가 아주 지기 전에 그 이부자리들을 또 무겁게 어깨에 걸쳐 메고 날랐다. 좀 늦으면 이내 눅눅해진다는 어린 시절 노친네의 말씀이 마치 본능이라도 되는 양 기억 속에 남아 있었던 것이다. 이번엔 등에 땀 기운까지 돈다. 그러나 대번에 이부자리들이 훨씬 보송보송해졌다는 것을 느낄 수 있다. 의무적으로 하루 한 가지씩 착한 일을 해야 하는 어린아이처럼 기분이 흐뭇해진다. 아이들 방에 털퍼덕 부려두었던 그 이부자리들을 아이들이 올 때가 되어 제대로 펴 정리를 한다. 요는 네 귀를 반듯하게 펴 엉킨 솜을 고르기도 하고 이불은 활짝 폈다가는 개어놓는다.

그런 중에 무슨 느낌인가가 내게 왔다. 제법 시간이 지났는데도 햇볕의 따스한 온기가 고스란히 그 이불과 요에 배어 있었던 것이다. 나는 그 자리에 가만 누워보았다. 이내 등이 따스해졌다. 벌써 초여름이므로 그 따스함이 겨울의 그것에 비할 수는 없으나 더불어 따라나오는 어떤 뭉클한 것이 있었다. 나는 얼른 일어나 다시 이불을 펴서 요를 덮었다. 그 기운이 빠져나가지 않게 하기 위해서 말이다.

아이들이 오면 햇빛에 데운 이부자리 속에 재울 생각을 하니 오늘 나는 어느 혁명가보다도 큰일을 한 것만 같다. 마음속 그림일기에 나는 열 살 미만의 어린아이가 되어 햇빛으로 짠 이불을 덮은 아이들의 모습과 '다음부터는 자주 이런

144

착한 일을 해야 되겠다고 다짐했습니다'라는 글귀를 써넣었다. 아무리 생각해도 결코 작은 일은 아니었다. 그러나 내게 한계는 그 아이들이 꼭 우리 아이들이 아니어도 그런 뭉클함이 있을까 하는 데 있다. 얼마만큼 깊어져야 그만큼 넓어질까. 아직 멀고도 멀었다.

허공에서 비롯되는 소리들

분명 무슨 말소리인가가 들린 것 같은데 그게 무슨 소린지 모르겠다. 낮에 집에 혼자 앉아 있으면 가끔 그런 기분이 들 때가 있다. 구체적인 말소리라기보다는 그저 그런 기분, 느낌이라는 말로 한발 양보해야만 하는 어떤 현상이라고만 말해야 할 것이다. 그런 현상은 나를 공연히 거실에 나와 이것저것 바라보며 앉아 있게 한다.

베란다에 있는 화분들은 다 시들었다(누군가 베란다만 본다면 지난가을쯤 집을 비운 것으로 짐작할 만한 분위기다). 아니 아주 얼어서 죽었는지도 모른다. 서양란 한 분만 싱싱하다. 싱싱하지만 분위기 때문에 이미 난으로 보이지도 않고 그저 생명력이 강한 잡초가 그 구석에 퍼렇게 아직도 있거니 생각될 정도다. 죽어도 상관없다는 생각으로 별 조치를 하지 않은 것이니까 별다른 느낌이 있진 않다. 그러나 봄이면 소생하리라는 것을 안다. 지난해에도 봄이 되어 다시 다 소생했었던 사실만 믿고 방치해두는 것이다. 다시 싹이 나지 않아도 상관은 없다. 철쭉 분이지만 꼭 철쭉이 살아나야 소생하는 것은 아니니까. 거기에 잡풀이며 이끼 같은 것이 아주 조그맣게나마 살려 온다고 해도 그것은 충분히 화분의 몫을 다하는 것이란 생각까지도 준비하고 있다. 바닥에 흩어진 참새 주둥이만한 마른 나뭇잎들이 황량할 정도다. 날이 추우니까 더욱 그렇다. 빨래 같은 것을 널 때 발에 꿰는 신발도 얼어 있으리라.

뒤적이던 신문지들을 다시 들춘다.

이런저런 세상의 일들이 적혀 있는데 내 삶과는 어떤 경로를 거쳐서 관계되는 것인지 쉽게 실감이 안 가는 일들이 대부분이다. 사실인지 아닌지조차도 의심이 될 만큼 믿음이 가지 않는 이야기들로 가득하다. 종내는 모두 사실이 아닌 왜곡들일 것이란 결론까지 내리고 만다.

이 세상에 일어나는 사실들이란 나와 구체적이고 즉각적으로 어떤 연관을 맺었을 때 혹은 맺고 있다고 생각될 때라야 비로소 사실이라고 할 수 있는 것이 아닐까? 이 세상, 이 우주 모두가 나와 관계없는 것은 없지만 그러나 그것들 모두를 사실이라고 인식하며 살 수 있는 것은 아니다. 거의 종교적 차원의 위인의 용량을 갖지 않고는 어떻게 나와 즉각적으로 연결되는지 해명하기 쉽지 않을 것이다. 그런 의미에서는 역사적 사실도 내 삶으로서의 사실은 아니다. 어쩌면 역사에 이바지한다는 생각의 행동은 허위일지 모른다. 생각까지는 몰라도 행동은 역사에가 아니라 이웃에 이바지한다는 생각의 결과일 필요가 있다. 아주 구체적으로 말이다. 정치에 대한 신문 기사를 읽는 곤혹스러움은 바로 그런 면에서 연유한다.

배에서 꾸르륵 하는 소리가 들린다.

대학 입학 오리엔테이션을 할 때가 생각난다. 부끄러움 때문에 인생이 싫을 정도일 때였다. 양옆으로는 다 여학생들이 앉았었다. 아마도 학번 차례대로 앉았던가보다. 배가 소리를 지르는 바람에 어떻게 하지 못해 쩔쩔매던 때의 내 표정을 상상해보니 그 표정 속에 이상하게 신의 어떤 표정 하나쯤도 발견해낼 수 있을 법한 것으로 그려진다. 신도 부끄러움이 있는 신이어야 비로소 내게는 신일 것이다. 왜냐하면 그래야 구체적으로 나와 관계있는 것일 테니까. 그래야만 내게는 신일 테니까.

하늘이 자그마하게 떠 있는 거실.

이 거실 위에도 분명 떠 있는 하늘. 아파트는 다 그렇지만, 한쪽 벽이 모두 하늘을 맞아들이는 크기를 가진 탓에 이런 낮임에도 한없이 고요한 시간 속에서는 하늘이 드리워진 것을 느끼기에 큰 무리가 없다. 거실에 하늘이 드리워졌다고 생각하니까 갑자기 애초에 내게 들렸다고 생각되던 일종의 환청이, 나를 지금 이곳에 나와 앉아 있게 한 그 소리가, '그렇다면 하늘의 꾸르륵 소리?'라는 어처구니없는 생각이 든다. 그 어처구니없는 생각은 다시 팔다리가 생겨서는 '그렇다면 하늘은 민망한 표정을 하고 지금 내 앞에 떠 있을 것이다'로 이어진다. 신의 실체를 가까이 잡아보는 한 방법은 아닐까. 그러고 있자니 아련할 정도로 멀리서부터 땡그랑땡그랑 소리들이 마치 빨랫줄이 연결되어오는 것처럼 내 귀에 들려온다. 귓속으로 그 줄이 연결되어서 아득하게 이어진다. 그것은 풍경 소리였다. 갑자기 바람이 심하게 불어간 모양이다. 문을 굳게 닫고 있으니까 조그만 소리는 문에 막히다가 센바람이 불어 풍경이 크고 요란하게 한번 울려 그 소리들이 길을 내주니까 그다음부터는 작은 바람의 작은 풍

경 소리들도 계속해서 내 귀에 그만큼 작은 알갱이들로 날
아와 닿는다.

이 집에 이사 오면서 베란다 바깥 국기 게양대에 매달아
놓은 그 풍경 소리가 바깥소식을 전하는 것이다. 애초에 나
는 '아 바람들이 지나가는구나' 느끼고 즐기기 위해서 그것
을 거기에 매달았었다. 그러나 어느 순간부터 바깥소식이
란, 바람이 분다거나 그 바람의 세기가 어떻다거나 하는 그
소식만은 아닌 것이 되었다.

어느 순간부터인가 나는 그 바깥의 표정이 궁금해지기 시
작한 것이다. 그런데 그 바깥이란 어디란 말인가. 풍경 소리
들이 비롯되는 곳. 그리고 그 비롯됨에서부터 다하는 곳까
지? 그곳은 어디를 말하는가. 지리적인가? 관념적인가? 그
소리들의 표정과 그 표정의 해석의 표정을 모두 궁금해하는
것, 그 몇 겹의 궁금증이 한꺼번에 밀려온다. 처음 허공에
서 나를 이곳에 나와 앉게끔 한 그 말소리는 무엇이었고 또
지금 들려오는 저 풍경 소리들은 나를 어디로 데려가고 싶
어하는 소리들일까. 귀에서 땡그랑 땡그랑 땡그랑 소리들이
줄줄이 빠져나가는 모습은 색동 실타래가 풀리며 오솔길로
굴러가는 것처럼 보인다.

집, 견고한 춤에의 꿈

　요즘처럼 녹음이 짙어지면 녹음에 거의 다 가려지는 집이 있다. 그것은 거의 짙푸른 시간 속으로 조금씩 사라져가는 것처럼 보인다. 집 뒤에는 둥그런 하늘을 어깨에 얹은 산이 꼿꼿하고 녹음은 끊임없이 산기슭에 철썩인다. 그 속에 집은 보일 듯 말 듯 겸손한 마음처럼, 그러나 전혀 위축됨 없이 작게 작게 숨어 있다. 마을로 통하는 길은 처마 끝에 겨우 매달려 있다. 그 길을 따라서 오는 것은 아침의 햇살이기도 하고 계절이기도 하고, 보고 싶은 사람이기도 하다. 저녁이 그 길을 따라서 오면 별이 그 저녁을 밝히는 것도 그 매달린 길을 통해서다.

　그러한 고적한 숲에 잠겨 있는 집이 이 세상에 없을 리 없지만 지금 내가 말하고 있는 집은 내 마음속으로 그려보는 집이다. 나는 매일매일 그러한 집을 꿈꾸면서 살아간다. 그 꿈의 힘으로 살아간다고 하면 과장이겠지만 그러한 꿈이 있어서 그래도 살맛을 느낀다고 하면 너무 호사스러운 엄살이 될까? 그러한 꿈을 달게 되새기면서도 나는 늘 자문하곤 한다. 왜 우리는 그런 꿈에 집착하는 것일까. 내가 자주 만나는 주위의 친구들과 이야기를 나누다보면 모두 그런 꿈에서 자유롭지 못하다는 것을 알게 된다. 그러나 어쩌랴. 철저한 초월자가 아니라면 그러나 그러한 정도의 집착은 차라리 수행에 가까운 것이라고 위안해본다. 그 내가 꿈꾸는 숲속의 조용한 집은 일종의 청정한 사원일 수도 있을 테니까.

　어떤 건축가는 집을 '견고한 춤'이라고 말한다. 과연 우리

는 춤 속에서 살고 있는가. 그 춤 속에 들어가 우리 춤에서
의 절제에 절제를 더한 어느 팔 동작의 한순간, 장삼 자락이
확! 펴지는 순간 속에 살고 싶다.

먼 데를 본다

　가을이 되면 이상스럽게도, 일기가 청명해지고 그러면 먼 데가 자주 바라보이게 마련이다. 그래서 먼 산등성이 같은 데를 한참 쳐다보는 수가 많다. 그곳에 무엇이 있어서라기 보다는 그곳에 무엇인가 있을 듯싶은 심정에서, 무언가 그리운 것이 보이는가 싶어서 넋을 잃고 바라보게 되는 것이다. 어쩌면 특정한 어떤 장소를 바라보는 것이라기보다는 막연히 흘러가는 구름을 바라볼 때의 그것 같은, 세월이 벌써 많이 흘러갔구나 하는 아쉽고도 허전한 자신의 마음속을 바라보는 심정일 것이다.

　내가 퇴근을 하는 길목엔 바다를 끼고 도는 곳이 있다. 어제는 그곳을 지나다가 갑자기 옆구리에 무엇인가가 꽉 찬 느낌이어서 바라봤더니 밀물이 차서는 바다가 굼실거리고 있었다. 늘 이곳을 돌 때는 갯벌로만 보였었다. 나는 모처럼 그 바다의 설렘에 젖어 차에서 내려서는 바다 곁에 앉아 그쪽을 한참 바라보다가 왔다. 집으로 가는 내내 그 바다는 내 눈앞에서 계속해서 어른거리고 있었다. 비록 청청하게 맑은 옛 바다는 아닐지라도 출렁이는 바다의 살아 있는 모습을 보는 순간 나는 이 바다가 나도 모르는 내 속의 그리움의 대상이었다는 사실을 확인할 수 있었다.

　하늘엔 노을에 물든 구름이 여러 가지 형상으로 저물고 있었다. 그 바다 곁에 앉아서 나는 무엇을 바라보았던 것일까. 출렁이며 회번득이는 그 빛깔일까. 물고기 하나 보이지 않는 황해의 탁한 밀물 위를 그래도 끼룩거리며 날고 있는 갈

매기들이었을까. 그러나 내가 그곳에 앉아서 바라보았던 것은 그런 현상적인 것들은 아니었다.

내가 바라본 것은 내 안에 있는 무수한 지난 일들의 그림자들, 후회와 증오와 사랑과 악의와 속임수와 그래도 지켜내려고 했던 여러 순수와 그 모든 것이 뭉뚱그려진 지지부진한 삶과 미래들. 어쩌면 까닭 없이 엎드려 울음을 터뜨리라고 바다는 저물면서도 빛나고 있었는지도 모른다. 그 바다에서는 오래전에 들었던 뻐꾹새 소리도 들려오는 듯했고 내가 읽었던 무슨 소설 속에 등장했던 주인공들이 그 물속을 걸어나와서는 물방울들을 떨구며 내 어깨를 툭 칠 것 같았다. 아마 더 오래 앉아 있었다면 환영 속에서나마, 내가 보고 싶은 사람들을 다 만날 수도 있었을지 모른다. 그들은 다 내 기억의 바닷속으로 이주한 사람들이다.

바다는 밀물로서 또는 썰물로서 떠도는 존재이지만 그 자체로서 내게는 하나의 기억의 집이 되어 있는 듯싶다. 미당은 그의 너무도 유명한 시 「자화상」에서 "나를 키운 건 8할이 바람"이라고 노래했지만 그의 어법을 빌려 나는 내 기억의 8할은 바닷빛으로 채워져 있다고 해도 될 만큼 바다는 곧 나였다. 나도 언젠가는 그곳으로, 누군가가 바라볼 기억의 바닷속으로 이주하게 될 것이다.

나는 이제 얼마 안 있으면 거주지를 옮기게 된다. 물론 이 세속에서의 이주다. 신문 방송에서는 요즘 전셋값이 폭등세여서 세입자들의 부담이 가중된다는 보도를 하고 있다. 이

래저래 도회지 살림은 힘에 부치는 셈이다. 그러나 우리 살림살이의 이사를 앞두고 나는 참으로 많은 생각을 하게 된다. 좁기는 해도 정이 들었던 이 셋집을 떠난다는 사실, 그리고 얼굴을 익혔던 이웃들과 헤어진다는 사실들이 마음을 착잡하게 만든다. 그래서 그런지 이웃의 아이들이며 집의 여러 가지 사물들을 자세히 보아두어야겠다는 생각을 하게 된다. 기억 속에라도 되도록이면 여기서 살았다는 사실을 선명하게 간직해보자는 생각에서다.

그러나 곧 이사는 닥칠 것이고 이웃들은 섭섭한 마음들을 감추며 주섬주섬 이삿짐들을 날라주기도 하고 참견도 하면서 헤어지는 아쉬움을 달랠 것이다. 여하튼 헤어진다는 것은 내게 마음을 여간 아프게 하는 게 아니다. 이제 내가 이사를 하면 내가 살던 동네며, 산보를 하던 짧은 오솔길이며, 이웃들이며, 어린이 놀이터에서 들려오던 아이들 노는 소리며, 베란다에서 바라보던 저녁노을이며, 산이며, 바람결들, 그 모든 것들과 헤어지게 되지만 그것들은 다 내 기억의 바다에 잠겨 있다가 어느 저무는 때에 바닷가에 앉으면 물속을 하나씩 걸어나올 것이다. 생이란 것은 그런 그리움들의 썰물과 밀물이 아니던가.

이사를 하기 전 마지막으로 오늘 나는 내가 살던 오솔길을 걸어볼 것이다. 그리고 저녁이 오기 전에 마지막으로 베란다를 통해 지는 노을을 오래 바라볼 것이다. 아이들의 노는 소리도 들을 것이다. 옆집 아이들이 여느 때처럼 귀찮게 찾아와도 그냥 내버려둘 것이다. 가을은 그런 때인 것이다.
기억의 바다에 온전하게 가라앉게 하기 위해서는 따뜻한 사
랑의 마음으로 추억을 정리해야 하는 것이 아닌가. 그동안
혹 섭섭하게 했던 일들 뉘우치면서.

첫 여행

다시 한 해가 시작되고 있다.

지난 한 해를 돌아볼 겨를도 없이 얼떨결에 맞이하는 새로운 한 해 앞에 그래도 잠시 호흡을 가다듬고 내 본 모습을 가다듬어보지 않을 수 없다. 무엇이든 새롭다는 것은, 처음 시작한다는 것은 마음 설레는 것이고 또 그만큼 맑은 반성의 자리를 마련하는 자리이기도 할 것이다. 지난 한 해는 너나 할 것 없이 어려운 한 해였다. 인사해야 할 곳에 변변히 인사하지 못했고 마땅히 사랑해야 했을 많은 시간 앞에 그렇게 하지 못한 이들이 많았을 것이다. 그러나 그저 어렵다는 핑계를 너무 많은 곳에 대지 않았나 돌이켜 생각해본다. 역시 우리가 어렵지 않은 시절은 결코 없었다. 단지 그 정도의 차이였을 뿐이다.

작가에게 한 해를 맞이한다는 것은 새로운 상징 하나를 갖는 것과 흡사하다. 비유적으로 말하자면 이 세계에 정말 눈물겨운 인물 하나를 내보내겠다든가 아니면 저 밤하늘 한구석에 따뜻한 별 하나를 띄우겠다는 계획 같은 것을 세울 뿐이다. 그 '사람'이, 그 '별'이 이 세계에서 많은 사람들에게 하나의 상징으로서 따뜻하게 다가갈 수 있길 희망하며 새해를 맞이하는 것이다. '사람'은 대개 소설가의 몫이고 '별'은 시를 쓰는 사람들이 '쏘아올리'는 작은 공이기도 하다.

새해를 맞으며 작은 여행 계획을 하나 세웠다. 하루 정도면 충분할 것 같다. 예년에도 그랬듯이 저 강원도 골짜기를 지나 바다에까지 닿는 여로를 택할 생각이다. 깊은 골짜기

를 만날 때는 사는 것의 깊이에 대해 생각할 것이고 바다에
닿으면 이 세계의 넓이에 대해 생각해보면서 그 여로를 갈
것이다. 허름한 여인숙에 들어도 좋고 좀 비싼 호텔 같은 델
들어도 좋다. 단지 나 자신에게 흠뻑 전념할 수 있는 나만의
시간과 장소를 몇 시간쯤 가져볼 작정이다. 그래서 지난 시
간을 맑게 하는 반성의 자리를 먼저 풀어놓고 다가오는 시
간들을 상상해보면서 그 시간 위에 지도를 그려볼 참이다.
네 계절로 나누고 그 계절의 초입에 서 있는 내 모습을 상상
해보는 것이다. 나는 글을 쓰는 사람이니까. 아, 그때쯤이면
어떠한 책을 쓰고 있겠구나, 하고 상상할 수 있을 것이다.
그리고 그날 밤에 그 지도 위에 별자리 하나를 올려놓을 것
이다. 그 별자리 이름도 나름으로 정할 것이다. 그 별은 늘
올 한 해의 내 삶의 행로 위에서 나를 내려다볼 것이다. 그
것은 또다른 나의 모습으로 거기서 늘 빛나고 있을 것이다.
　매일매일이 새로운 날이고 매시간 시간이 새로운 시간
이 아니라고 말할 수는 없다. 지금 이 순간도 새로운 시간
의 강물이 내 어깨를 짚으면서 지나가고 있다. 새해에도 몇
편의 시를 그 강물 위에 띄워보낼 것이다. 내 정신의 여백
들, 그것들로 그 강물은 배가 불러올지 모르겠다. 정말 그
러할지 그것은 내 머리 위에 빛나는 '나만의 별'에게 물어
볼 참이다.

물방울들

한겨울의 어느 날. 밤새 소리 없는 눈이 내린 다음날 화창한 햇빛의 일렁임에 무릎 아래를 담그고 집의 처마를 바라보며 앉아 있어보라. 끊임없이 맺혀서는 옆자리에 맺힌 물방울을 껴안고 추락하는 그것들을, 그것들의 소리와 함께 바라보는 일은 미니멀 음악을 듣는 것만큼이나 신비롭고 흥겨운 일이다.

5

여행의 여백들

텅 빈 것

　언제부터인가 빈,
　텅 빈 무엇인가를 하나쯤 가지고 싶었습니다.
　마음이든 몸이든 다른 무엇이든……
　그러나 그런 것이란 별로 없었습니다. 언젠가 도예작업장
에서 얻어온 조그만 항아리 하나도 어느 순간 세금영수증
같은 걸 담아두는 속된 용도가 되고 말았습니다.
　한때 마음을 비운다는 이상한 말이 유행처럼 사람들 입을
떠돈 적이 있습니다. 이제는 그런 말만 들어도 거북합니다.
　그저 아이들 손바닥만한 그림으로라도 빈,
　'텅 빈 것' 하나쯤 갖고 싶었습니다. 그래서 밤새 돌에다
가 천천히 팠습니다. 가장 단순하고 시원하게 빈 것은 역시
달항아리.
　그것도 비워내는 것이라고
　속이 시원했습니다.
　사실 빈 게 아니라 빈 것이 꽉 찬 거지요.
　종이에 찍어놓고 바라보니 커다란 사원寺院을
　지어놓은 듯 즐겁습니다.

여로

"달이 물을 먹은 걸 보니까 비가 오겠구나."

저녁답에, 코끝이 까맣고 털이 흰 백구 강아지 한 마리를 데리고 내가 있는 델 잠시 들렀던 동네 할아버지의, 반쯤은 혼자 하는 말씀이었다. 할아버지가 올려다본 쪽의 하늘을 보니 젖은 광목천을 덮어놓은 것 같은 물건이 걸려 있다. 아닌 게 아니라 밤이 깊어지면서 번개가 치고 쿠구궁쿵 하며 천둥소리가 몇 차례 전주곡처럼 울리더니 오래 참았다가 한꺼번에 쏟아내는 울음처럼 빗소리가 세차게 들리기 시작한다. 그러나 빗소리는 처음 기세와는 달리 이내 그쳐서, 처마 끝에서 떨어지는 낙숫물 소리도 조금씩 조금씩 간격이 멀어진다. 그러고는 이내 내 기억 속의 여러 장면들을 불러내 낙숫물 끝에 괴어놓는 널쩍널쩍한 돌멩이들처럼 적시고 만다.

기억이란 것은 늘 젖은 채 떠오르게 마련인가? 특히 사랑의 그것이란 더더구나. 그러나 생각해보면 사랑의 기억이라는 것은 없는 것이다. 사랑이라고 믿는 어떤 것이 여전히 기억 속에 있다면 이미 그것은 기억이 아니라 그냥 현재진행 중인 사랑일 것이다. 오래된 샘이라고 해서 그 안에 담겨 있는 샘물이 그 생의 기억일 수는 없는 것 아닌가. 그것이 갈증을 적셔주는 것임에랴. 그런데 그것이 생명이며 영혼을 축여주는 것일 경우는 말해 무엇하랴.

이런 밤이면 나는 내 오래지 않은 삶에서 그러한 기억이 몇 그루나 있는지 헤아려보게 된다. 나는 지금 어느 산골 마을에 와 있다. 전혀 낯선 곳에, 그것도 아무도 아는 사람이

161

없는 저 토마스 만의 『마의 산』의 한 장면을 연상시키는 산골 마을에 혼자만의 거처를 마련한다는 것은 일편 마음 설레는 은밀한 일처럼 생각되기도 한다. 하지만 막상 실행에 옮겼을 때의 무어라 말할 수 없는 막연함과 고독감은 애초의 의도를 훌쩍 앞서버리게 마련이다. 그럴 때 눈앞에 펼쳐지는 여러 풍경들은 처음 답사했을 때의 관념적 해석의 풍경에서 실제적 느낌의 풍경으로 다시금 태어나기 시작한다.

내가 처음 이곳 마을에 간소한 취사도구들을 들고 들어왔을 때 몇 단계의 과정을 거치며, 실제로는 똑같은 풍경이 관념적인 것에서 감각적인 것으로 변화하여 전혀 다른 모습으로 바뀌던 체험은 이 세계가 얼마나 허구적인가를 다시 한 번 인지시켜주었다. 그러한 체험은 놀랍도록, 우리가 이 세계에 있다고 믿는, 사랑이라는 관념과 닮아 있다는 것도 깨닫게 한다.

누구나 사랑의 기억은 아무도 모르는 깊은 산골 같은 곳에 거처를 마련해주는 것이다. 보다 은밀하게 자기만의 지리학으로만 찾을 수 있는 그런 곳. 그래서 때로 동네의, 맑은 눈빛을 간직한 채 늙은 장로가 아주 간결하면서도 상징적인 잠언을 던져주기도 하는 곳에서, 우리의 사랑의 기억은 현재진행형인 채로 새로운 거처를 삼는 것인지 모른다.

처마 끝의 낙숫물 소리도 이젠 아주 그쳤다. 멀리 산에서 밤새가 다시 우는 걸 보면 다시 비가 이어서 올 것 같지는 않다. 하늘을 내다보니 아직 별빛들이 다시 나오지는 않았다. 풀벌레 소리들이 다시 바구니에 담아두었던 무명 형겊들을 꺼내어 누더기들을 짜기 시작하고 있다. 시계가 이제 곧 새벽녘임을 가리키고 있다. 젖은 누더기들을 벗고 곧 별들이 나올 듯싶다. 나는 오랜 항해를 끝낸 어부처럼 밤하늘의 별자리들을 하나하나 짚어보고 싶다. 사랑의 거처에 대해 명상한다는 것은 그러한 멀고도 은밀한 곳을 향해 배를 띄우는 항해이기도 하므로. 수명이 다한 보안등이 껌뻑껌뻑한다. 곧 갈아야 하리라.

말의 풍경 속에서

저녁이 되자 어김없이 내 방문 앞 하늘 가장자리로 별이 찾아왔다. 초저녁, 반올림을 한다고 해도 아직 밤이라고 부를 수는 없는 시간이다. 별은 입양을 기다리는 아이의 파르스름한 이마를 연상시킨다. 이마에 떨어진 몇 가닥의 힘없는 머리카락 같은 초저녁 별의 셀 수 있을 듯싶은 빛줄기 몇. 여기서 내가 굳이 저 처마 끝에 나온 별을 떴다고 하지 않고 찾아왔다고 한 데에는 내 개인적인 조그만 사정을 이야기할 필요가 있을 것 같다.

사람은 누구나 오랫동안 혼자일 때는 무심히 지나가는 어떤 현상들도 예사롭게 보이지 않을 경우가 있을 것이다. 아니다. 무심히 지나칠 수 있는 일이 예사롭게 보이지 않기 시작하면 그때는 이미 오래전부터 혼자였다는 증거일지도 모른다. 나아가 그 어떤 것과 말이, 대화가 하고 싶다면 그것은 더욱 심화된 증거일지 모른다.

더구나 지금 내가 와서 잠시 머물고 있는 이런 산골 같은 외딴곳에서 혼자 있게 될 때 별은 뜨는 것이 아니다. 오는 것이다. 바람에 흔들리는 풀꽃 같은 것들과도 말을 나누고 싶어지고 어떤 때는 마당 모퉁이를 지나가는 처마선의 그림자를 바라보면서도 뭔가 통할 수 있는 말이 있지 않을까 생각해볼 때도 있는데 저녁의 그 지독히도 외로운 시간에 뜨는 별을 내다보는 심사야 오죽하랴.

내가 저 별을 사귀게(일방적으로) 된 것은 그리 오래전의 일은 아니다. 때문에 별이나 나나 이 우주의 한 백성으로서 서로 공유한 언어가 많다고 할 수는 없다. 아니 아직은 그냥 서로 멀리서, 그것도 그저 아득한 거리를 사이에 둔 멀리서 서로의 존재를 인지하고 있는 정돈지도 모른다. 그저 별이 온 날이면 나는 문 쪽으로 배를 깔고 누워서 턱을 받치고는 별의 가물거림을 내 나름으로 해석해보는 정도일 뿐이다. 그리고 언젠가는 그 먼 빛의 작고 미세한 변주를 읽어낼 수 있으리라는 기대와 믿음을 가지고 있을 따름인 것이다. 그것이 어느 날 정말로 언어가 되어서 또는 음악이 되어서 내 앞에 나타날 때 나는 단 한 글자도 빠짐 없이 한 소절도 놓치지 않고 내 온 마음으로 담아내볼 셈이다.

불과 보름쯤 전만 해도 내 관심은 저 별처럼 멀리에 있는 것이 아니었다. 물론 별이 멀리 있다고 파악한 것은 과학자들의 물리적 추측에 불과한 것이지만 여하튼 그때 나는 지금처럼 강하게, 별과 같은 영역 안의 백성으로 인식하고 있지는 않았다. 지금 내게 와 있는 저 별 위의 처마선을 따라 왼쪽으로 조금 이동하면 바로 내가 묵는 방 옆의 조금 휘어진 처마가 나오게 되어 있다. 그 바로 아래쪽 벽과 지붕 사이에는 조그만 틈이 있는데 불과 보름여 전만 해도 그곳에는 이 세상에 와 일가를 이룬 단란한 한 가족이 있었다.

나와 같은 지붕 아래의 일가라니. 아직도 우리 인간이 붙여준 이름은 알 수 없는, 한 '새의 일가'였다. 앞으로도 어쩌면 그 새의 이름을 일부러 책을 뒤져가며 찾아보지 않을지도 모르겠다. 우연히 알게 될 수는 있겠지. 그 모습이며 울

음소리가 아직은 너무나도 선명하게 내 가슴속에서 살고 있
으니까 말이다.

어차피 그 이름은 인간의 편의를 위해서 붙여진 이름일 테
니 내가 일부러 뒤져볼 일은 없는 것이다. 물론 학명 따위가
없을 리 없지만 그 이름과는 다른 그 새 일가 고유의 이름을
나는 나 혼자서 이렇게 불렀다. '알록어깨꼬리흔들이새'. 물
론 내 마음을 통과해 입 바깥으로는 한 번도 나와보지 못한
이름이다. 눈치가 빠른 사람은 이미 알아차렸을 것이다. 지
금 내가 하려고 하는 이야기가 서글프게도 이미 실패한 결
론의 이야기임을. 그래서 그 아쉬운 여운 속에서 이 이야기
가 진행되고 있다는 것도.

S읍. 내가 이곳 산골에 들어오게 된 것은 여러 겹의 우연
이 겹쳐져 작용했다. 그러나 무엇보다도 그런 많은 우연 중
에서도 가장 크게 작용한 계기는 말들이 싫어졌다는 것이었
다. 말이 자꾸만 내 혼을 퍼내가는 것 같았다. 그 말은 누군
가와 내 가슴을 내보일 대화를 하고 싶다는 말의 다름아닐
것이다. 나는 새로운 말, 새로운 대화에 대한 갈망으로 목말
라하고 있었다. 녹슨 말들이 철망처럼 내 삶들을 둘러싸고
있는 것 같았다. 말을 하고 싶은데 왜 산골로 와야 했을까.

이곳에서는 조용하게 가만히 있어도 될 것 같아서였다.
그러니까 이곳에 내가 대화를 나눌 만한 상대자가 있을 것
같았다. 저 헨리 데이비드 소로의 삶이 마음속에서 그려지
기도 했을 것이다. 그렇게 하여 나는 이 여름과 함께 이곳

의, 산언덕에 잇대어 있는 작은 양철 지붕 집 곁방에 대나무
를 쪼개 엮은 발을 늘이고 거처하게 되었다.

원래가 벽촌 태생이긴 하지만 벌써 도시에 살아온 지 20년
이 넘었으니 처음엔 좀 낯설지 않을 수 없었다. 더군다나 시
골의 오래 비워두었던 집이란 미묘한 분위기를 품고 있게 마
련이어서 나는 풀이 무성한 방 앞뜰을 서성이기도 하고 울
밖의 길들을 무작정 걷기도 하면서 하나씩 낯을 익혀나가지
않을 수 없었다. 그러던 어느 날 나는 아주 즐거운 풍경을 하
나 만나게 되었다.

늦은 조반을 끓여 먹고 마루 모퉁이에 멍하게 앉아 있었
다. 햇빛이 강해서 내가 앉아 있는 곳의 그늘과 마당 한가
운데의 강렬한 밝음과의 간격을 내 눈의 조리개가 쉽게 적
응하지 못해 할 수 없이 찡그리면서 밖을 내다보기도 했었
다. 어느 순간부터인가 내 귀에 무슨 나뭇잎의 새순 같은 새
의 울음소리가 계속해서 들려오고 있었다. 처음엔 그저 마
을을 떠도는 수많은 생명들의 소리 중 하나였다. 그런데 계
속해서 그 울음소리가 내 주위를 맴돌며 떠나지 않는 것이
었다. 나는 눈을 가늘게 뜨고는 밝디밝은 빛의 장막 속인 마
당 쪽을 바라보았다.

빨랫줄이, 마치 마당을 하늘에 묶어두는 줄처럼 비스듬히
마당 바깥쪽으로 이어져 있었다. 자세히 보니 그 위에 티스
푼만큼 작은 새 한 마리가 부리에 먹이를 물고는 꼬리를 가
늘게 떨면서 울고 있는 것이었다. 내 눈치를 보고 있는 것

167

이 확연히 느껴졌다. 나는 가만히 자리를 비켜주지 않을 수
없었다. 숨어서 보니 그 새는 내 거처의 옆옆방 처마 속으로
획 날아드는 것이었다. 그때 처음으로 나는 나와 같은 지붕
밑에 한 가족이 살고 있다는 것을 알았다. 마음으로부터 즐
거움이 움터오고 있었다. 고적한 마음이 일순 섭섭하다 할
만큼 말끔히 사라져버렸다. 무심결에 내가 마루 칸에서 좀
지체하고 있으면 암수 한 쌍이 함께 먹이를 물고 마당 건너
편에서 애달픈 음정으로 울면서 기다리기도 했다. 마음속으
로 나는 괜찮다, 괜찮다, 그냥 들락거려도 괜찮다를 수없이
되뇌어보기도 했다.

아침에 깨어나자마자 문을 열고는 그 새가 빨랫줄에 먹이
를 물고 앉아서 이리저리 눈치를 보는 모습을 확인하는 것
이 내 일과의 시작이었다. 새가 새끼들의 똥을 물고 푸르륵
날갯짓 소리를 내며 처마를 빠져나가면 하루하루가 다른 새
끼들의 소리가 잦아들곤 하였다. 그때 나는 절로 미소가 지
어졌다. 마치 내가 키우기라도 하는 듯 마음속으로 그 새끼
들을 쓰다듬곤 하였다. 새끼들의 울음소리가 제법 커져서
는 내가 숨어 있게 되는 방에까지 들려오기 시작하면서 나
는 귀를 바짝 세우고는 몇 마리나 되나 헤아려보기도 했다.

그것은 일종의 대화였다. 내가 생각한 대화란 과연 그런
것이 아니었을까. 그렇게 나는 그 새 일가에게 말을 시작한
것이었다. 나는 더듬더듬 점자를 해독하듯, 아니면 수화를
익히듯 마음으로 익혀가고 있었다. 이 세계의 비밀에 대해

서 묻고 묻고 했다. 먼 옛날 어느 동굴 벽에 그림을 그리던 한 인류의 심정까지도 나는 새의 울음을 통해서 느껴볼 수도 있을 것만 같았다.

그러나 세상의 일로 어느 날 외출에서 이틀 만에 돌아와보니 집안 분위기가 이상했다. 자주자주 들려와야 할 새의 울음소리가 들리지 않고 있다는 것을 알았다. 설마하며 기다려도 새는 나타나지 않았다. 방에 앉아서 나는 우울한 심사로 어떻게 된 일일까 궁금해하고 있었다. 벌써 새끼들이 다 자라나서 날개를 펴고 날아갔다고 볼 수는 없었다. 어떠한 삶이든지 그렇게 빠른 도약은 있을 수 없는 것이었다. 어느 순간 새소리가 들려 얼른 내다보니 바로 알록어깨꼬리흔들이새였다. 그러나 입에 물려 있어야 할 먹이는 없었다. 잠시 제 집이 있는 이쪽을 바라보며 몇 번 목울대를 오르내리며 울더니 훌쩍 날아가는 것이 아닌가. 그러기를 몇 차례. 무슨 일이 일어난 것이 분명했다. 그 새가 드나들던 자리를 올려다보니 깃털 하나가 삐쭉이 걸려 하늘대고 있었다. 그 아래에는 티끌 같은 것들이 떨어져 있었다. 새끼들의 울음소리도 들리지 않았다. 나는 외출을 후회했다. 이미 소용없는 일이었다. 대화는 중단되었다.

아니 새가 사라진 그 여운들과의 대화가 좀더 이어졌다. 그러나 바닷가에 닿은 길처럼 그 대화는 어느 깊은 곳으로 사라지고 말았다. 그동안 내가 스스로 만들어 나누었던 새와의 대화는 마음속 저 깊은 곳에 새로운 지층 하나를 만들

어놓고는 중단된 셈이다. 이다음에 그 대화를 서랍에서 꺼
내보는 옛날의 엽서처럼 다시 꺼내 이어갈 수 있을 것인가.
　어미 새는 며칠 더 간간이 마당가에 찾아와 이쪽을 바라
보며 울다 날아가곤 했는데 얼마 더 지나자 그마저 보이지
않았다. 그런 어느 날 나는 천상병의 시「새」를 찾아 읽고는
넋을 놓고 앉아 있기도 했다.

　　외롭게 살다 외롭게 죽을
　　내 영혼의 빈터에
　　새날이 와. 새가 울고 꽃이 필 때는.
　　내가 죽은 날
　　그다음 날,

　　산다는 것과
　　아름다운 것과
　　사랑한다는 것과의 노래가
　　한창인 때에
　　나는 도랑과 나뭇가지에 앉은 한 마리 새.

　　정감에 그득 찬 계절
　　슬픔과 기쁨의 주일,
　　알고 모르고 잊고 하는 사이에
　　새여 너는

낡은 목청을 뽑아라.

살아서
좋은 일도 있었다고
나쁜 일도 있었다고
그렇게 우는 한 마리 새.

 이후 나는 마당 쪽에 머리를 두고 눕는 버릇이 생겼다. 그
렇게 누운 채 날이 저물면 처마 끝에 오는 별이 있었다. 그
리고 나는 새롭게 별과 사귀게 되었다. 서서히 별과 나누어
야 할 대화의 새로운 문법을 익혀가리라.

구름으로 머리 감는 아침

마당이 있는 집에서 살 때가 있었다.

그때는 대개 아주 추운 겨울이 아니면 마당에서 세수를 했다. 세숫물이 차다고 느껴지기 시작하면 그때부터가 내게는 가을이었다. 대야에 물을 받아놓고 물이 차다는 생각 때문에 잠시 망설이며 그 속을 들여다보곤 했다. 그 안에서 구름이, 유난히 맑은 아침 하늘을 흘러가는 구름이 보였다. 가을에만 세수를 하는 것은 아니건만 왜 유독 가을이면 그 구름의 모습들이 선명하게 보였는지. 물론 그 속에는 내 얼굴도 얼비치게 마련이어서 구름은 내 얼굴 위를 흘러서 유유히 멀어져가는 것이었다. 마치 내 얼굴을 끌고 가려고 애쓰는 것처럼. 나는 그때 내 얼굴 속으로 구름이 간다는 생각을 했던 것도 같다. 그리고 구름으로 머리를 감는다는. 어린 대로 생각의 멋을 부린 것도 같다.

그렇게 구름을 타고 온 가을은 곧 코스모스의 가는 허리 아래로 바람을 보내고 맑은 꽃들을 피워 꽃길을 만든다. 그 꽃길을 걸어본 사람은 안다. 그 길 위에서의 점점점 느려지는 발길이 어떤 목적지에 가닿으려는 것이 아니라는 사실. 우리가 아직까지 한 번도 닿아보지 못한 곳으로 향하길 원하고 있다는 사실을 말이다. 또한 그러한 환상을 가질 수 있는 계절이 가을이 아니었는지. "산촌에서는 가을이 하루에 엽서 하나씩 메울 만큼씩 온다"는 이상李箱의 글을 읽어보지 않더라도 우리는 깊은 밤까지 잠들지 못하고 엽서를 써보는, 꽃길을 걷듯 컴퓨터가 아닌 만년필로 오래 생각한 한 구절 한 구절을 엮어넣기 좋은 때라는 것을 안다.

어디로 보내고 말 것도 없이 그 글은 자신의 가장 낮은 내면에 가라앉아서 청동거울처럼 새겨져 매일매일의 생활의 한 지침이 될 것이라는 사실을 생각해보면 가을밤의 자기 자신을 향한 한 시간은 다른 어느 너른 세월보다도 귀한 것이다.

내가 예전에 보았던 그 구름들은 지금 어느 하늘을 다시 흐르고 있는지. 어느 숲속에 성긴 빗발이 되어 내렸는지 알수 없다. 그러나 가을이 되어 지금 내 기억 속에서 그 구름은 여전히 그 자리에서 흐르고 있다. 아주 흘러가지 않고 그 자리를 여전히 흘러가고 있다. 기억이 갖는 마력이다. 흘러가는데 아주 다 흘러가지는 않는 것. 우리의 삶도 그런 것이 될 수는 없을까. 어느 누군가의 기억 속에서, 흘러가도 아주 흘러가지는 않는 모습으로 남아 있을 수는 없는가. 그러나 집착은 아닌 모습으로. 이 세상에 왔다가 가는 여운이 누군가의 가슴 밑바닥에서 그의 한 지침이 될 수 있는 삶.

가을 아침의 마당에 놓인 대야 속을 보는 대신 사무실의 찬 유리창을 통해 띄엄띄엄 세워진 가로수들을 바라보면서, 그리고 그 가로수에 임한 가을을 바라보면서 나는 그러한 호젓한 한 생애에 대해서 생각해본다.

유곽 앞, 나무 한 그루

누군가가 맡겨놓은 심장 같은 것을 수없이 겹쳐서 허공에 내놓고는 또 그 발치에는 그림자를 널따랗게 앉히고는 아무렇지도 않은 듯 유유히 서 있었다. 아니 서 있다기보다는 그 잎들이 조용조용히 날개 쳐서 날아갈 듯했다. 그러나 아주 날아가버릴 수는 없다는 듯 혼자서 떠서, 매달려 서 있었다.

그 어느 해 여름이던가 그 유곽 앞 오동나무 한 그루. 그 아래의 평상 그 평상 한 모서리에 담배를 물고 앉은 한 여자 눈에서 흘러나오던 되디된 빛. 그 옆에 앉은 한 남자. 오전 10시 부근 건너편에는 초코파이 과자 곽에 삶은 달걀 두어 개가 차디차게 뒹구는 구멍가게가 있었던가? 기억인 것 같기도 하고 아닌 것 같기도 한 그 나무가 내게는 내내 성자聖者의 모습으로 뇌리를 떠나지 않는다.

그렇다. 나무는 성자다. 그냥 그렇다.

내내 창녀들이 건네는 심장을 맡아 바람을 쏘이고, 볕에 말리고, 하늘에 보이고, 때로 빗물에는 울리던…… 가을이면 뚝, 뚝 떨어져나가는 그들의 한 삶을 지켜보던 오동나무. 나무는 성자다. 나무는 매해 우리들의 마음을 경영하여 살아가는 포주다. 그냥 그렇다. 그 포주에게 매년 봄이면 내 삶을 송두리째 맡기고 싶어진다.

11월

해마다 이맘때가 되면 서늘하게 바람이 부는 저녁이 좋아 얼마간은 차를 타고 부지런히 갈 일이 있어도 좀 걷고 싶어 지름길이 아닌 길로 우물쭈물 걷는 경우가 있다. 그렇게 바람 속의 거리를 걷다가보면 어느 겨울엔가 북한산에 갔던 생각이 난다.

기슭의 한적한 한 암자에서 물끄러미 앉아 쉴 때 뭐라고 경經을 읽어주던 그 처마의 풍경 소리가 내 기억 저편으로부터 스미듯 들려오는 것이다. 바람으로 가만가만 제 몸을 때려 조심스러운 소리를 내던 그 풍경 소리가 왜 내 기억에 그토록 선명하게 녹음되었던 것인지는 알 수 없지만 잔설들이 하얗게 쌓여 있던 그곳의 그 적막 위에 뿌려지던 소리들은 아직껏 내 맘 밑뿌리에 쓰라린 무엇으로 남아 있다.

그 이후 내 기억에는 그 작은 암자 처마의 풍경 끝에서부터 시작된 명주실 같은 투명한 끈이 길게 길게 이어져서, 어디에서든 한적하고 적막하고 쓸쓸하게 바람이 불면 그 소리들이 솟아올라오는 것을 알 수 있다. 내 내면을 정찰하는 그 풍경 소리들이 때로 내겐 검열관으로 생각된 적도 있다. 검열관. 내 몸속의 병을 정찰하는 것은 아픔이다.

병이 와도 아프지 않으면, 살이 썩어도 아프지 않으면 편히 죽을 텐데 삶은 그걸 그냥 두지 않고 아픔이라는 체신부를 파견해 꼭 삶이라는 것이 배후에 있음을 환기시켜준다. 삶이 삶인 것은 때로 아프기 때문인 것이다. 삶은 무섭다.

얼마 전에는 인사동에 갔다가 만물상에 들러 풍경을 하나

샀다. 값을 천 원 정도 깎으려고 했으나 그렇게 하지는 못했다(아, 이 투쟁심!). 여하튼 풍경을 사다가 나는 아파트 베란다에 걸었다. 그러나 이제 추운 때여서 문을 열어놓을 수 없으므로 그것은 마냥 허공중에 매달려 있는 풍경이 되고 말았다. 종을 치는 물고기가 바람이 없으므로 종 밑의 물고기로만 매달려 있는 것이다. 여름이라면 그것은 맞바람을 맞아 땡그랑땡그랑 집안을 절간으로 몰고 갈 수 있을지 모르겠지만 때가 겨울철이므로 그렇게 하지 못한다.

나는 가끔 그 밑에 서서 입을 쭉 내밀고 입김을 물고기에게 보낸다. 땡그랑땡그랑 하는 소리가 방안을 넘어서, 전축을 넘어서, 소리를 넘어서, 책들을 넘어서, 여자들을 넘어서, 냉장고를 넘어서, 밥그릇을 넘어서, 넘어간다. 그러면 무엇인가로 방안이 울창해진다. 내 조그만 방을 울창하게 하는 것은 무엇인가. 풍경 소리인가. 그렇지 않다.

풍경 소리가 모아들인 솔내음 또는 솔바람 소리 또는 바위의 그림자 또는 바위 위에 누웠을 때의 그 깨끗한 냉기운 또는 그 밤물결 소리 또는 한겨울 눈 속에서 속씨가 투명하게 비치는 빨간 겨울 열매 또는 밤하늘을 밤새 운행하는 저 도저한 별자리들, 사랑한 여자의 그렁그렁한 눈동자들 그런 것들이 이 좁은 방안을 울창하게 하는 것이다. 그러한 것들은 내 속에서 내 삶을 어떻게 검열하고 있는가. 그것은 그 울창함에 내 숨소리가, 내 자세가, 내 눈동자가, 내 부스럭대는 소리가, 내 반성이, 내 욕망들이, 그것들과 서로 잘 조우하여 어울리는가 하고 채근하는 것이다.

나는 그 울창함의 한쪽에서 조용히 내 색색대는 숨소리에
귀를 기울일 뿐이다. 나는 초라한 한 포기 숨결일 뿐이다.
나는 베란다로 나가 문을 열고 다시 방을 가로질러 그 반대
쪽으로 가서 현관문을 연다. 그리고 가만히 풍경에게 귀를
기울인다. 지극히 아끼며 모래알처럼 떨어뜨리는 풍경 소
리 몇이 내 귀에 닿는다. 발레리는 풍경 소리를 듣지 않고
도 "바람이 분다. 살아봐야겠다"는 유명한 한 구절을 남기
고 있다.

바람이 분다.

내 마음에 새롭게 떠오르는 곳이 한 군데 있다.

'누란'이란 곳.

또한 내게는 멀지만, 그러나 아름다운 검열관이다. 1천여
년의 세월이 흐른 후 다시 바람에 의해 전설에서부터 '떨어
져나와' '사실'이 된 고대의 작은 도시국가의 유적. 나는 그
누란이라고 하는 곳을 한 번쯤 방문해볼 수는 없을까, 하고
생각하곤 한다. 물론 경제적인 것이 해결된다고만 하면 언
제든지 가볼 수 있는 처지이기 때문에 그 꿈을 나는 완전히
꿈으로만 생각하지는 않는다. 나는 카메라 상가 앞을 지나
칠 때마다 그런 '꿈'에 대비하기 위해 이런저런 망원이며 광
각 줌렌즈의 값을 묻곤 하지 않는가.

헌데 내게 누란이라는 곳보다 더 큰 울림으로 다가온 지
명이 한 곳 있다. 그곳도 누란과 인접한 모양인데 '명사산'

이라고 하는 곳이다. 물론 그 지점이 누란과 인접했든 그렇지 않든 그것은 중요하지 않다.

그 명사산을 한자로 쓰면 울 명鳴에 모래 사沙 자가 된다. 모래가 우는 산이라는 뜻이다. 내 마음에서 그 이름을 들은 이후 그 산은 얼마나 크고 지속적으로, 마치 바흐의 첼로 조곡처럼 아름답게 공명하는지 모른다. 그 명사산이라는 지명을 알고 난 후부터 내 마음속에는 나만의 명사산이 따로 자리잡아가고 있는 것이다. 그 한쪽엔 자그만 내 상상의 오두막이 달빛을 지붕에 인 채 서 있기도 하다. 물론 그 산도 바람이 불어야 우는 산이고 바람에 의해 자리를 잡은 산이다. 바람이 불면 나는 그걸 느낀다.

요즘 나는 내 마음의 명사산이 우는 소리를 자주 듣는다. 내 이 육체 속에 살아 있음의 영혼이 깃들어 있다면 그 영혼은 분명 그 모래산을 닮아 있을 테니까 그 울음은 내 영혼의 울음소리로 불러도 되겠다(내 영혼은 내 것이 아니다). 내 속에서 명사산이 울면 나는 그 울음을 달래야 한다. 그 달래는 일을 나는 경험으로 안다. 그것은 길 떠남이다. 길게 끝없이 멈추지 않는 시간 속에 방을 한 칸 들이는 일, 여행(이 거창한 이름이 싫지만)은 그 명사산의 울음을 달래준다. 여행이란 늘 적막한 것이고 적적한 것이고 대책 없는 것이고 그것은 관광과는 달라서 늘 애달픈 걸음걸이일 수밖에 없는 것이다. 그러나 그 여로에는 반성과 다가올 시간의 얼굴을 그려보는 사색이 있게 마련이다. 어쩌면 적막하기 때문에 일어나는 그 생각의 비늘들, 그 비늘들의 반짝임이 내 명사산의 칭얼댐을 달래주는 것이다. 그것은 일종의 내 생애의 검열 행위와 같다.

어쩌면 영원히 나는 그 명사산에 가보지 못할지 모른다. 그래서 준비해놓은 카메라의 렌즈가 쓸데없는 것이 될지도 모른다. 그러나 내게 이미 명사산은 아무데나 있는 그런 산이 아닐까 생각한다. 나는 늘 마음에 그 명사산에 이르는 사막을 끝없이 펼쳐놓는다. 이 세상에 대해 욕이 나올 때 나는 그 사막 위에 서 있다고 생각한다. 마음에 사막이 없는 사람이 삶을 증거하는 아픔을 가졌을 리 없다고 스스로 생각하면서 말이다. 우리가 아픔을 앞에 두고 우회해버린다면 삶은 우리를 외면해버릴지도 모른다. 내 속의 풍경 소리들은 또는 명사산 기슭들은 나를 그 지극히 낭만적인 검열의 체크 게이트로 통과해 내보내준다.

이제 막 우수수 나뭇잎들이 바람에 떨어져 날린다. 무장해제하고, 서서, 나무들은, 무슨 생각에 곰곰이 잠기는 것일까.

그 생각 속으로 들어가 눕고 싶다.

그 생각과 간통하고 싶다.

비단길 생각

참 햇빛이 맑기도 하다.

가까운 골짜기의 물소리들이 잦아들기라도 하듯이 나는 맑은 햇빛 속에서 몸을 웅크리고 앉아 있다. 얼마 만인가 헤아려볼 수도 없을 만큼 아주 오랜만에 내 자신과 마주대하는 시간이다. 가만, 지난밤에 무슨 꿈같은 것을 꾸었던가. 생각나는 것은 없다. 다만 잠들기 전 얼만큼의 시간을, '이렇게 내 삶은 이리저리 얽혀서 지나가는가. 이렇게 내 나이는 또 한 살을 먹는가' 하고 자문하다가 잠이 들었을 뿐이다. 그때 바람이 불어 창밖에서 풍경 소리가 들렸던가? 그런 소리를 들은 것 같지도 않다. 지금 생각하니 적막 속에서 잠이 들었던 것이다. 적막을 덮고서……

햇빛이 참 맑기도 하다. 하얀 구름들이 군데군데 저희들끼리 수군거리면서 흐르고 있다. 내가 저 구름들을 바라보듯이 지금 이 순간 누군가가 저 구름을 바라보고 있는 자가 있을까? 있다면 그자의 마음의 표정을 나는 헤아릴 수 있을 듯싶다. "나는 지금 어디를 흘러가고 있는 것일까……" 문득 저 서역으로 가는 길, 돈황에 어떤 이가 있어서 지금 내가 저 구름을 바라보듯 그 하늘에 떠 있는 구름을 바라보고 있을 것이란 생각이 떠오른다. 그도 삶의 덧없는 흘러감에 대해서 생각하고 있을까? 아니면 생존의 어려움에 대해 깊이 절감하고 있을까?

얼마 전 나는 아주 귀한 기회가 닿아 중국의 여기저기를 여행할 수 있었다. 그 여정중에는 실크로드의 한 지점인 둔

황이 들어 있었다. 두어 시간 비행기를 타고 가 내린 둔황 공
항의 오전. 맨 처음 우리를 맞는 참으로 맑디맑은 햇살과 공
기가 인상적이었다. 머리카락이 반짝거리는 그곳의 사람들,
표정 또한 그 공기를 닮아 있었다. 길가에 심어진 목화밭과
자주 눈에 띄는 당나귀들. 아, 당나귀를 나는 여기서 만나는
구나. 아주 어린 시절 연탄 리어카인가를 끄는 모습을 한 번
보고는 내가 그토록 마음속으로부터 그리워한 짐승을 여기
서 만나다니 나는 눈물겹도록 반가웠다.

흙벽돌을 찍어 만든 낮은 집들과 우리들의 어린 시절과 별
다를 바 없는 코흘리개 아이들을 업고 나와 제 살림살이에
쓰던 물건을 파는 그의 어머니들을 바라보면서 나는 가슴속
이 조금씩 젖어드는 것을 어찌할 수가 없었다. 모두가 애틋
한 삶들인 것이다. 둔황 석굴의 그 찬란한 그림들을 바라보
면서도 나는 인간에 대한 연민이 점점 깊어질 뿐이었다. 가
슴은 물먹은 목화솜처럼 새하얀 무거움들로 가득했다.

둔황의 저녁을 맞기 위해 우리는 명사산으로 갔다. 명사
산, 말로만 듣던 모래가 운다는 산. 모래로만 이루어진 산.
비단결처럼 곱디고운 모래들이 정말 산을 이루고 있었다.
우리의 상식이라면 모래는 허물어져서 평평한 사막을 이루
어야 하나 이곳은 그야말로 모래가 언덕을 올라가 산을 이
루고 있는 것이었다. 모래 언덕에 누워 저녁을 맞는다.

여인의 살결 같은 감촉과 여인의 육체처럼 부드러운 능선
너머 새빨간 노을이 마지막 붉은빛을 다해 타오른다. 구름

181

들은 붉은 주단을 펼쳐놓은 것처럼 서녘 하늘에 펼쳐져 있다. 어디서 본 듯한 인상인데 가만 생각해보니 낮에 본 둔황 석굴의 그림들이 바로 저 모양이며 색깔이었다. 좀더 어두워지자 별이 하나둘 돋기 시작한다. 하나둘 돋기 시작한 것이 어느 순간 와락 한꺼번에 온 가슴에 안겨버린다. 촘촘한 바늘땀처럼 하늘에 어둠을 꿰매놓은 별빛들. 하늘 한가운데를 가로질러 땅끝에 이어 닿은 은하수들은 참으로 장관이다. 저 은하수 한쪽에 사람의 눈과 코를 그려넣으면 바로 그 유명한 막고굴의 비천상이 될 듯싶다(그것은 세종문화회관에도 와 있다). 이 순간은 우주와 가장 가까운 숨결을 나눌 수 있는 순간이 아닌가. 이러한 우주를 호흡하며 사는 사람들에게 삶과 죽음은 한 몸뚱이일 거라는 생각.

집 앞 마당에만 나오면 이마와 귀와 입술과 목덜미에 별이 주렁주렁 매달리는 고장 둔황 명사산을 나는 당나귀처럼 터덜터덜 두 손으로 신발을 말아쥐고 내려왔다. 내려오면서 나는 이런 곳에 사는 이들에게는 죽음 저편의 세계까지가 찬란한 세계로 비치지 않을까 생각해보았다. 얼마나 많은 보석을 지니고 사는 사람들인가. 그러한 둔황에 지금의 나처럼 하늘에 떠 있는 구름을 바라보고 있는 자를 상상하는 것은 내 마음의 무엇을 위안하자는 심사인지 모르겠다.

참 맑은 햇살이다. 이 햇살을 연주하는 앙상한 벚나무 나뭇가지 하나를 본다. 나는 벚나무 나뭇가지 아래 앉아 별이 가득한 밤하늘 아래 나귀를 타고 가는 한 사람의 모습을 떠

올린다. 가을엔 자꾸만 떠나는 자의 뒷모습이 눈에 비친다. ─
햇살이 참 맑기도 하다. 가까운 골짜기의 물소리들이 잦아
들기라도 하듯 몸을 웅크리고 앉아서 나는 비단길을 생각하
고 있는 것이다.

적막

밤이 깊어져 내 숨소리마저 낯설게 들리는 때가 있다. 그렇게 고요한 때면 내가 애면글면 살고 있는 이 작은 집구석도 그윽한 사원의 어느 한 방인 듯해 구름이 지나간 후의 마늘밭처럼 정신이 맑아진다. 그것은 적막의 순간이 주는 감미로움 같은 것이다. 그런 시간에 내 마음은 한없이 이 세계와는 다른 어떤 곳을 기웃거리게 된다. 그것은 이 세계와 다른 곳, 일상을 벗어난 곳, 그곳에의 열망이 아닐 수 없다. 저수지 같은 외로움이 몰려 있는 아파트 주차장을 내려다보면서 나는 오랜만에 적막에게도 말을 걸어본다.

평생 물 위를 걸을 수 있으리라고 기개 있게 말할 수 있었던 내 정신에도 어느덧 '좀 조용하고 넓은 곳에 살아봐야 하지 않겠나' 하는 세속적인 생각이 굳은살처럼 자리잡았다. 그리하여 간혹 말을 걸어오는 적막함 같은 것에는 쉽게 곁을 주지 않던 그동안의 내 일상이 아니었던가. 남자들이 제 호적을 갖게 되면 제일 먼저 꿈꾸게 되는 것이 제 집을 갖는 것일까? 나는 한가한 시간이면 마음속으로 내가 들락거릴 집의 모양새를 그려보는 때가 많았다.

음악을 충만하게 들을 수 있는 집, 마당이 딸린 집을 하나 마련할 수 있을지 알 수 없지만 만약 그렇게 된다면 거기에 가장 많이 심고 싶은 나무는 모과나무고 가장 울창하게 가꾸고 싶은 것은 적막함이었다. 적막 속에 풀어놓을 음악들, 속에서 먼 하늘을 한참 응시하는 내 모습을 그려보는 시간이 그렇게 다디달 수가 없었다. 그것은 어쩌면 내가 마음

껏 불러다가 뜨개질을 하듯 엮어낼 적막에 대한 향수의 맛
일 것이다. 시인 김종삼金宗三 식으로 말하면 내 본적은 '적
막 속에' 있는 것인지도 모를 일이다. 서로 사촌들인 외로
움, 고독, 적막, 허무, 쓸쓸함 등등의 안개와도 같은 이 말
들이 어쩌면 우리들에게 창조적인 삶의 에너지를 넣어주는
정신의 대지일지도 모른다. 고독과 적막이 중매한 그 많은
문학이 그렇고 허무와 쓸쓸함이 중매한 그 많은 음악이 그
렇듯이 말이다.

 몇 해 전인가 일 때문에 밤기차를 탔을 때였다. 어디가 어
딘지 알 수 없는 창밖을 내다보면서 나는 단지 창에 어리는
불빛들만을 헤아리며 가고 있었다. 너무나 어두웠기 때문에
풍경 같은 것은 없었다. 그런 어느 순간이었다. 멀리서 단
몇 개의 불빛만이 덩그러니 빛나는 마을을 기차는 지나가고
있었다. 새벽 2시가 지나고 있었다. 무엇을 하는 사람이 밝
히고 있는 불빛일까. 나는 그 불빛이 빛나고 있는 곳 중 한
군데를 찾아가고 있었다. 어느덧 불이 켜진 그 집안을 창으
로 넌지시 들여다보고 있었다. 그곳에는 두 팔을 엮어 베고
두 눈을 말똥거리고 있는 나 자신의 모습이 있었다. 그것은
내가 감당할 수 있는 만큼의 적막과 함께한 생의 심연을 들
여다보고 있는 내 자신의 모습이었다. 창밖에서 들여다보고
있는 내가 잠시 일상에서 일탈한 나라면 그 방안에 있던 것
은 진정 내가 돌아가 궁극적으로 맞닥뜨려야 할 나의 모습
은 아니었을까. 그것도 모르고 기차는 무작정 달려가고 있

185

었다. 우리네 무자비한 일상이 그렇듯이 말이다.

아침에 일어나 재빨리 세면을 하고 밥을 한술 뜨고 양치질하고 막힌 길을 뚫고 직장에 닿아 아침 티타임을 갖고 온통 피투성이에 시끄럽기만 한 신문을 좀 들여다보고 일이랍시고 여기저기 전화를 넣고 줄을 서서 점심을 먹고 차를 마시고 다시 이런저런 미래에 대한 막연한 불안과 희망과 절망과 현재와의 갈등과 같이 만나고 지지고 볶는 사람들 사이에서의 지긋지긋한 심정으로 저녁을 맞고 퇴근을 하고 세수를 하고 폭식을 하고 저녁 뉴스를 보고 혀를 차고 뒹굴다가 다시 잠을 청하고 봉급을 받고 얼마만큼은 이 생활의 복제를 위한 저축을 하고…… 그 그물망 속의 일상을 나는 감히 고독이나 외로움이라고 말할 수 없다. 그것은 그저 이 자본주의 미로를 교조적으로 헤매는 일일 뿐이다.

사람에게는 존재감이라는 것이 있다. 깊은 밤에 혼자 깨어 까닭 없이 서성거리고 싶을 때, 어여쁜 여자를 보면 추파라도 던지고 싶지만 이내 체념해버려야 하는 때, 산짐승처럼 자기 발소리를 혼자 들으며 산길을 걸을 때, 가늘디가는 원초적인 존재감은 습자지에 물이 스미듯 스며온다. 그것은 오래된 주소를 들고 물어물어 찾아와주는 그리운 친구와도 같은 것이다. 고독은 바로 그 존재감이 등을 밀어주는 그네와 같은 것이다. 그네의 삐걱임 소리가 적막이라고 하면 될까? 사실 알고 보면 모두가 외로운 삶이다.

이 세계에 내팽개쳐진 존재들이라고 하지 않던가. 빌딩의

모난 그늘이 조금씩 먹어들어가는 횡단보도 앞에서 서류봉
투를 매만지며 저녁빛을 안고 서 있는 우리들의 초상을 무
슨 수로 외롭지 않은 젊음이라고 말할 수 있을 것인가. 우리
들의 삶은 모두 적막을 만나고 그것과 친해지고 그것에 익
숙해지고 그리고 그것이 살 수 있는 공간을 우리들 안에 마
련하는 기간을 말하는지도 모른다. 우리는 적막에 동참할
수는 있어도 적막에 압도당할 수는 없다. 적막의 용적률이
많은 자가 이 세상에 대해 의연하고 초연하다. 적막이 감미
로운 양식이 되는 이유가 그것이다.

봄 들판에서

내 마음은 늘 유목 생활이다.

정처가 없다. 허기를 채워줄 목초지를 찾아 옮겨다닌다. 산만한 몇 마리의 양을 몰고 가는 내 마음. 먹구름을 바라보며 근심 어리는 내 마음. 양이며 동시에 목동인 내 마음. 때로 풀은 많으나 입맛과 달라서 다시 옮기는 수가 많다. 허기를 채우는 양식들은 저장할 수 없다. 늘 허기지고 늘 헤매는 존재다. 그 허기의 궁극은 평온일 것이다. 그러나 그것도 장담할 수는 없다. 지금 이 순간 평온이 없다면 영원히 평온은 없는 것이나 마찬가지라는 것을 알고 나서부터 궁극에 대한 의심이 내 허기의 핵심이라는 것을 생각하게 된다. 허기가 형식이고 의심이 내용이다.

지극히 섣부른 유목민. 들판을 걷는다. 아니 들판이랄 것도 없다. 사는 곳에서 좀 나가면 있는 논둑길 같은 곳 제법 눈길이 시원하면 되는 그런 좁은 길을 걷는다. 그런 길을 걸을 때면 나도 모르게 마음도 풀어놓게 된다. 마음을 풀어놓은 끈이 바짓가랑이에서 풀리다 만 대님처럼 그림자가 되어 끌려온다. 풀어놓은 마음은 활기차다. 이만한 시야視野의 느낌에서 오는 자유를 가지고 감동할 정도면 내 삶은 이미 일종의 오류인 셈이다. 들판을 걸으며 나는 배움의 길을 상상한다. 들판은 내게 학교와 같은 곳이다. 들판은 완전한 자연도 아니고 완전한 인위도 아니다. 나는 특히 일정하게 구획되지 않은 들판이 좋다. 순리의 자리가 좀더 많은 자리다. 학교란 이 같은 곳이어야 하는 것이다.

188

평평히 땅을 고르고 낮은 자리는 축대로 메우고 높은 자리는 깎아낸다. 또 그렇게 되지 않는 자리는 그렇게 되지 않는 자리에서 그만큼의 역할을 분배한다. 일정한 높이로 둑을 올리고 물길을 순리에 맞게 만들어 대고 물이 넘치면 흘러갈 곳을 미리 만들어놓는다. 모두가 둥글둥글한 형상들이다. 모가 나서는 안 된다는 듯이 둥글다. 다 일일이 손길이 닿아야 되는 것들이기 때문일 것이다. 그 어떤 고완古翫보다도 아름다운 것이 이 논들의 선이다. 저 피아골의 논두렁들처럼. 그만한 이치의 공부로도 일생을 사는 데 심정적으로는 충분한 것은 아닐까. 들판은 정착민의 상징과도 같은 곳. 쌀이 나는 곳. 쌀의 상징성이라니.

  논에 물을 가둬두었다.

  지난해 추수한 자국, 베어낸 벼 포기들 사이사이로 번질번질하게 빛나는 하늘. 하늘을 모셔온 듯하다.

  쪼그리고 앉아 하늘의 하늘을 보다가 논의 하늘을 보다가 논둑길을 보다가 내 그림자를 보다가 한다. 맑은 하늘을 올려다보면 간혹 비행기가 지나가고 구름들이 떠 있다. 그리고 맑은 햇살이 빼곡하다. 논둑길이 구불구불 이어져 있는데 한 길이 가다가 갈래길을 만나 헤어지고 또 한 길은 다른 갈래길과 만나 헤어지고, 방향에 따라선 위쪽으로도 가고 지형에 따라선 아래로도 흐른다. 그렇게 그렇게 이어지고 있다. 우리집 가승家乘을 보는 것 같다.

  아버지가 밀양 박씨 어머니와 만나 가난하게 살다 죽었

고, 할아버지가 한양 조씨 할머니와 가난하게 살다가 죽었
고, 증조할아버지가 전주 이씨 할머니와 가난하게 살다 죽
었고, 고조할아버지가 몇 남매를 낳았고, 증조할아버지가
몇 남매를 낳았고, 할아버지가 몇 남매를 낳았고, 아버지가
몇을 낳았고 그렇게…… 그런 식으로…… 아브라함이 이삭
을 낳고…… 그런 식으로…… 논둑길은 가다가 무너지기
도 하면서 이어지고 있다. 아주 끊어지지는 않고 내가 쪼그
려 앉은 곳을 뒤돌아보면서 아득한 저쪽으로 저쪽으로 흘러
가 보이지 않는다. 어쩌면 하늘로 이어져 있으리라. 내 눈
길을 거슬러보자면 하늘로부터 흘러내려와 나에게까지 이
르는 논둑길이다.

논에 갇힌 물에 떠 있는 하늘.

그 속에 구름들이 역시 높이 떠 있다.

아니다.

'깊이' 떠 있다고 해야 하리라.

물은 흘러야 하는 것이지만 논에 갇힌 물은 그렇게 부자연
스럽지 않다. 남의 자리가 아니기 때문이다. 물의 흐름은 모
양만의 흐름만을 뜻하지 않고 생명 속으로도 흐르는 것이므
로 그렇다. 거기에 깊이 떠서 조금씩 흐르고 있는 구름. 내
속에 깊이 떠서 흐르고 있는 그 유목의 마음.

나는 지금 그 모든 흐름 속에 있는 것이다. 정착 속에 흐름
을 감추고 있고 흐름 속에 정착을 감추고 있다. 나는 그 속
에 있다. 정작은 흐름도 정착도 없는 것이다.

진정 깨달은 자는 유목의 삶을 사는 자이다. 시간이라는 드넓은 초원의 사계四季를 평온하게 넘어가는 깨달은 자의 모습이 언뜻 논에 갇힌 물 깊이 떠 있는 구름 속에 비친다. 지극히 섣부른 유목민은 일어나 다시 내가 왔던 길을 되짚어 돌아온다.

어디로? 기갈든 삶 앞으로!

세상을 떠갈 듯 핀

꽃이 정말 세상을 떠갈 듯이 피었었다.

나이를 조금씩 먹는다는 뜻인지 세월이 빠른 것을 알겠고 또 네 계절 중 봄을 맞는 느낌이 옛날 같지 않고 애잔하여 전혀 거북스럽지가 않다. 봄이 좋아진다는 사실은 어쩌면 내가 나도 모르게 이 세상의 속됨과 타협을 하고 있다는 기미 같은 것인지도 몰라 내심 경계심이 생기기도 한다. 이 세상에 대해서 욕심을 갖게 되는 계절이라는 뜻일까? 겨울의 개결介潔한 맛과는 다른 무엇이다.

여러 꽃들이 날짜별로 봄을 변주하더니 이제 그 화려한 악장들이 마무리되는 느낌이다. 대신 신록이 가득하다. 그것 역시 조금씩 새애기 때의 빛깔을 벗어나니 여느 때의 그러그러한 것이 되어버리고 만다. 그 섭섭함을 어디에 하소연해야 할지 모르겠다.

그렇다. 어쩌면 그런 흔하디흔한 섭섭함의 실체를 궁금해하는 것이 지극히 단순하고도 우둔한 우리네 삶의 비밀을 찾아가는 하나의 실마리인지도 모른다. 꽃이 지는 것도 자연의 순리겠고 거기에 열매가 열리는 것도 흥겹고 즐거운 일이건만 그보다도 단순히 꽃이 진 것 자체를 지극히 섭섭해하는 것도 우리네 삶의 한 얼굴인지라 나는 그런 얼굴 하나를 그 꽃 진 틀에 보내본 것이다.

우리는 그런 속에서 산다.

감미로운 공포

어느 저녁, 문득, 내가 있는 이곳이 아슬아슬하게 느껴진다.

아주 미세하게 움직이는 베란다 화분 귀퉁이의 그림자가 나를 자꾸 한쪽으로 미는 것만 같고, 내가 앉아 있는 소파 속에서 애타는 어미 소의 울음소리라도 들리는 듯 나는 마음에 미묘한 조바심이 인다. 완만하게, 내가 의식하지 못할 속도로 흐르던 시간이 갑자기 속도를 내는 것이다. 실내의 사물들도, 왜 거기 그렇게 머물고 있는지 묻고 싶도록 낯설고 아슬아슬하다.

내 숨결이, 시선이 닿을 수 있는 거리와 느낌 안에 있는 그것들이지만 문득 나와 관계 맺기를 그친 듯, 아니면 외면하고 싶은 듯. 그러나 그런 정황은 이미 내게 낯선 것이 아니어서 감미로운 공포라고 멋을 부려 말해도 되겠다. 맥없이 한동안을 그렇게 맞아 있다가 푸르륵 깨어나기 일쑤다. 전화벨이 울리든가 아니면 우우웅 하고 움직이던 엘리베이터가 어느 층엔가 멈추면서 떵까 하고 금간 스테인리스 그릇 치는 소리로 굴러오든가 하면, 그러면 다시 내 곁의, 앞의 사물들과 지난 오랜 시간을 지겹게 같이했던 그 문법文法 그대로 다시 관계 맺어야 한다는 사실이 곤혹스럽다(이미 그렇게 관계 맺어진 상태이지만). 나는 말로 말고 다른 무엇으로 그것들과 내통하고 싶어진다. 말 말고 그 무엇인가로. 음音으로 관계를 맺을 때 내 마음은 얼마나 여러 겹으로 울렁일 것인가. 나는 음악을 그 울렁임의 가두리라고 생각하

193

고 있다. 능력 밖의 일이지만 나는 그것들을 음으로 번역하
고 싶어 몸이 달뜨기 일쑤다. 능력 밖의 일로 몸이 달뜬다는
것은 거짓말이지만 그러고 싶다는 열망까지를 포함한 말이
라도 거짓일까? (사물들은 때로 언어로보다는 음으로, 색으
로 말을 걸어오는 경우가 있다.)

　한때는 저 깊숙한 다락에 내 방이 있었다.

　퇴물의 여러 사물들과의 동거였다. 그곳에서 나는 오래된
독수리표 빅 사운드 카세트 라디오로 밤새 에프엠을 들었
다. 그리고 때로는 녹음을 해서는 반복해 들어보기도 했다.
지금은 다 흘러간 노래들이다. 젊은 날의 그 음들이 마음의
가두리가 아니고 무엇이란 말인가. 그 다락방 바닥엔(바닥
에!) 아주 작은 쪽 창문이 공책을 펴서 세워놓은 것처럼 달
려 있었는데 그때 내 소원은 안방을 통과하지 않고 바깥으
로 직접 나갈 수 있게끔 창에 사다리를 놓는 것이었다. 소원
은 때로 간절하기까지 했으나 끝내 이루어지지 않았다. 사
다리는 아래로 내려가는 대신 하늘로 올라가는 경우가 많았
다. 몰래 창밖에 머리를 내밀고 담배를 피우며 몽롱히 바라
보던 밤하늘은 누구의 광활한 대지였을까.

　오전 어느 날 아파트 앞에 카세트가 하나 버려져 있었다.
나는 눈치 보는 일도 없이 그것을 주워왔다. 누가 버렸을까.
작동시켜보니 되돌리기만 잘 되지 않을 뿐 모두 정상이었
다. 되돌리기가 잘 안 되는 까닭에 그 누군가는 버렸을 거
야. 그것은 내게 일종의 상징처럼 느껴진다. 때때로 나는 그

놈에게 그놈의 역사를 묻곤 한다. 내 마음의 내력을 되짚어 보면서 말이다. 너도 다락방에서 보낸 한 시절이 있었는가. 그러나 그놈은 되돌리기가 잘 안 된다. 그러고 싶지 않다는 뜻일지도 몰라.

늦은 밤이면 슬그머니 마치 늙은 고양이처럼 거실에 나가 불도 켜지 않고 어슬렁거려본다. 밤인데도 창으로 들어온 여러 종류의 빛들, 에 대답하는 사물들을 바라본다. 사물들의 대화를 나는 엿듣는다. 공연히 가스레인지를 딸깍 하고 켜보기도 한다. 어여쁜 파란 꽃, 을 잠시 바라보다가 손가락을 돌려 어둠 속에 떨어뜨리고 만다. 그것은 흔적도 없다. 조사組師의 공안公案일까? 여래如來였을까?

인간의 문법으로 굳이 번역해보자면 뭉뚱그려 '사랑한다' 정도가 될까? 그것도 메아리를 넣어서 하는, 밑도 끝도 없이 하는 '사랑한다' 정도 될 것 같다. 그런 어느 순간 침묵에도 결이 있다는 제법 그럴듯한 생각이 난다.

그런 어느 순간 고요함에도 화음이 있다는 생각이 든다. 그래서 모든 낯설게 보이던 사물들이 그러한 미묘한 화음으로 서로 연결되어 있다는 제법 그럴듯한 생각이 풀밭 위를 지나는 바람결처럼 마음 위를 스쳐지난다. 우리들 존재란 과연 그런 감미로운 공포감의 문집들이 아닐까.

여행의 여백들

누가 여행을 돌아오는 것이라 틀린 말을 하는가.
보라. 여행은 안 돌아오는 것이다.
　　　　　　　　　—이진명, 「여행」 중에서

아무 때고 선뜻 여행을 떠나는 사람들이 있다. 한때 나도
그런 사람이 되고 싶었다. 무언가를 초월한 사람이려니 했
었던 모양이다. 그러나 그럴 만한 나이가 되었을 때 문득 깨
달은 것은 아무 때고 훌쩍 여행을 떠나는 사람은 한 사람도
없다는 것이었다. 그렇게 행동한 사람일수록 속으로는 오래
오래 여행을 계획하던 사람이었다는 그 엄연한 사실. 계획
은 확실히 중요한 것이어서 여행이라는 삶의 한 양식을 충
실하게 만들어준다.

진실한 여행객은 여행에 대한 아무런 준비도 하지 않으려
는 계획을 실천하는 사람인지도 모른다. 그래서 그는 그 시
간마저도 거추장스러운 계획의 품목으로 생각하고 있는지
모른다. 무의식으로라도 말이다. 그러한 자에게 여행은 그
대로 삶의 긴 여정으로 이어지기도 하는 모양이다. 그런 경
우를 나는 몇몇 풍문으로 들은 듯하다. 어쩌면 그것은 다시
는 돌아오지 않는 새로운 탄생의 첫발이 되는 여행이다. 엄
밀하게 그것은 이곳저곳으로 연결되어야 하는 숙명의 여행
이라고 할 순 없지만 어쨌든 문득 일상에서 멀어진다는 측
면에서만 보자면 우선 여행이 아니라고 할 수도 없다.

우리가 여행을 떠난다고 하는 것은 구체적으로 무엇을 의

미하는 것일까. 단순히 어디 낯선 곳을 찾아다니면서 무언가를 보고 느낀다는 것일까? 그런 말로는 뭔가 다 설명될 것 같지가 않다. 내가 어느 날 문득 그 여행을 떠난 것도 실은 '어느 날 문득' 떠난 것은 아니다. 훨씬 이전부터 나는 아주 조금씩 떠나고 있었고 그만큼 내 생활에는 어떤 여백이 남겨지고 있었을 것이다.

일과 일 사이에 나도 모르게 여백이 생기고 그 여백 한쪽 모서리에 몇 가닥의 겨울나무 가지가 몇 획 드리워져 있었을 것이다. 그 가지에 새라도 한 마리 앉았다 날아갔을지 모른다. 그런 어느 오후 그 새가 획 날아가듯이 나는 그 자리를 떠나서 진짜 여백 안으로, 여백을 최대한 광활하게 만들어서 나 자신의 육신과 마음을 밀어넣어보는 것이다. 광활하다고 했지만 실은 내 육체가 갈 수 있는 데가 이 땅 안에서 얼마나 될 것인가.

강원도 어느 바닷가에 닿는다. 강남 터미널에 가서 제일 먼저 떠나는 버스를 타고, 무심히 창밖을 내다보고, 앙상하게 서 있는 나무들을 바라보고, 어느 휴게소 같은 데에 세워주면 잠시 내려 자판기 커피를 뽑아서 마시게 마련이다. 마시면서 아직 내 온기가 묻어 있을 나의 일상들을 잠시 되돌아보게 된다. 잠시 이런 생각도 해본다. '결국 여행이란 자기 온기에서 벗어나는 것인가. 그래서 일상을 좀 차갑게 식히는 것인가. 아니면 이렇게 낯선 휴게소에서 별맛 없는 커피를 뽑아들고는 누추하게 헐벗은 인근의 숲들을 바라보며 한 모금 한 모금 마시는 행위인가.' 다시 버스에 올라앉는다.

조금씩 날이 저문다.

늙은 손등 위에 포개지는 또다른 늙은 손등처럼, 손등에서 쏟아져나온 야윈 손가락들처럼 이 땅의 산천은 야윌 대로 야위며 저물고, 간간이 저무는 빈 들판을 스칠 때마다 특별한 까닭 없이 철렁철렁 내려앉는 마음을 수습하기 쉽지 않다. 유리창에 내 얼굴이 비치기 시작할 즈음 차는 다 왔다. 꾸러미들을 수습하여 내리는 저문 사람들. 그 조명부터 다른 중소도시의 터미널. 사람들의 억양을 처음 느끼기 시작하면, 그래 이곳이 이곳이지, 하며 고개를 숙이고는 거리로 나서게 마련이다. 그렇게 강원도의 어느 바닷가에 닿는 것이다.

바다. 실제로 우리가 일상에 덧대려고 한 여백이라고 할 수 있다. 그러나 너무 한꺼번에 너무 크게 맞게 되는 여백은 두렵다. 소실점 하나 없이 자기 스스로가 마침내는 소실점이 되는 바닷가에서는 그래서 오래 서 있을 수 없다. 자기가 사라지고 있다는 것을 실감하게 되는 순간이 오기 때문이다.

바다와 바로 인접한 여인숙. 기형적인 방의 구조. 옆방에서 밤새워 실랑이하는 소리들. 수돗물 새는 소리. 멀리서 끊임없이 내 무엇을 적셔보겠다고, 그러나 묶인 몸이라 더이상 오지는 못하고 출렁이는 파도 소리들. 목욕간의 너무 흐

린 조명등 등등은 모두 여행에서 맞지 않으면 안 되는 새로
운 서글픔들임에 틀림없다. 그러한 물상들이 우리에게 주는
느낌이야말로 쓸쓸한 것일망정 존재감의 실체들임에 틀림
없다. 그것도 아주 구체적인…… 그런 물상에 다시 내 온기
를 조금씩 나눠주다보면 어느새 새벽이 와서 해가 뜬다. 어
디를 다녀온 것일까? 해는 다시 나를 당긴다. 나는 나설 수
밖에 없다. 알고 보면 그림자가 끌고 다니는 여행이다. 다시
어디로 돌아갈 것인가.

방파제에서

　오랜만에 바닷가에 갔었습니다. 황혼이 아름다운 그런 장소였습니다. 몇 척의 배가 밀리는 물결에 흔들리고 멀리 섬들이 있고 그 길목 언덕엔 공동묘지가 있었습니다. 죽어서 바닷가에 온 사람들…… 공동묘지 바로 아래가 바다였습니다. 물은 다 빠져나가 갯벌만이 드넓게 드러나 있었습니다. 마치 죽음이 그러하다는 듯이.

시간의 악기

간혹 내 손등을 물끄러미 쳐다볼 때가 있다.
툭 불거진 핏줄과 미세한 주름들.
한때는 새파랗게 몽상을 쥐고 있던 손등이었다.
그것이 어떤 것이든 악기 하나쯤 쥐고서 아름답게
내 맘을 풀어내보고 싶던 그런 손이었다.
그런데 벌써 뒤돌아가는 뒷모습만 같다.

그러나 정작 이제야 시작할 때.
시간을 연주하는 법을 배워야 하리라.
내 앞에 다시 주어지는 시간의 악기.
어떤 선율로 내 삶을 가두리 할 것인가.
나는 손을 앞으로 쭉 뻗어본다.
다시 새파랗게 몽상을 쥐고 있는 손등이다.

이제 새 천년이라고 한다.

장석남 인천 덕적도에서 태어났다. 1987년 경향신문 신춘
문예를 통해 등단했다. 시집으로 『새떼들에게로의 망명』 『지
금은 간신히 아무도 그립지 않을 무렵』 『젖은 눈』 『왼쪽 가슴
아래께에 온 통증』 『미소는, 어디로 가시려는가』 『뺨에 서쪽
을 빛내다』 『고요는 도망가지 말아라』 등이 있고, 산문집으
로 『물 긷는 소리』 등이 있다. 김수영문학상, 현대문학상, 미
당문학상, 김달진문학상 등을 수상했다. 한양여대 문예창작
과 교수로 재직 중이다.

책과책임 03
물의 정거장
ⓒ 장석남 2015

초판 인쇄 2015년 12월 17일
초판 발행 2015년 12월 25일

지은이 | 장석남
펴낸이 | 염현숙
편집인 | 김민정
디자인 | 수류산방(樹流山房)
본문 디자인 | 유현아
마케팅 | 정민호 나해진 박보람 이동엽
홍보 | 김희숙 김상만 한수진 이천희
제작 | 강신은 김동욱 임현식
제작처 | 영신사(인쇄) 경원문화사(제본)

펴낸곳 | (주)문학동네
임프린트 | 난다
출판등록 | 1993년 10월 22일 제406-2003-000045호
주소 | 413-120 경기도 파주시 회동길 210
전자우편 | editor@munhak.com
대표전화 | 031) 955-8888
팩스 | 031) 955-8855
문의전화 | 031) 955-3576(마케팅), 031) 955-2656(편집)
문학동네카페 | http://cafe.naver.com/mhdn

ISBN 978-89-546-3878-4 03810